U0469153

〔缅〕玛珊达◎著
苏自勤◎译

人生之梦
花之梦

云南人民出版社

图书在版编目（CIP）数据

人生之梦　花之梦 / （缅）玛珊达著；苏自勤译. -- 昆明：云南人民出版社, 2024. 11. -- ISBN 978-7-222-23317-1

Ⅰ. I337.45

中国国家版本馆CIP数据核字第2024SP2728号

统筹编辑　郭木玉
责任编辑　溥　思
特约编辑　玛桑达温
装帧设计　石　斌
责任印制　代隆参

著作权合同登记号：图字：23-2024-073号

人生之梦　花之梦

〔缅〕玛珊达◎著
苏自勤◎译

出　版	云南人民出版社
发　行	云南人民出版社
社　址	昆明市环城西路609号
邮　编	650034
网　址	www.ynpph.com.cn
E-mail	ynrms@sina.com
开　本	787mm×1092mm　1/16
印　张	10.5
字　数	150千
版　次	2024年11月第1版第1次印刷
印　刷	昆明美林彩印包装有限公司
书　号	ISBN 978-7-222-23317-1
定　价	50.00元

云南人民出版社
微信公众号

序

译者苏自勤将缅甸知名女作家玛珊达（原名杜秋秋丁）的获缅甸民族文学奖小说《人生之梦　花之梦》翻译成中文，我感到很高兴，也十分期待。

处在祖国西南边陲的云南，与越南、老挝、缅甸接壤，不止一个民族跨境而居。边境两侧的人民，自古以来就往来频繁，亲如一家，在生产及社会生活等方面相互交流、学习和帮助。"国之交在于民相亲，民相亲在于心相通。"我国改革开放40余年来，随着这种相互学习、交流的领域不断扩大和深入，中缅经济边贸、文化教育都展现出新的气象，但在文化领域中的文学艺术方面的交流是相对不足的。限于笔者偏居一隅，视域不广，孤陋寡闻，未见有多少缅文版的文学作品被翻译成中文出版，更不知有多少中文版的文学作品在缅甸被翻译成缅文出版。无疑，对于大多数普通人来说，要进行中缅文学艺术交流及对其了解是相当困难的。从这一角度来说，苏自勤的本次翻译，是做了一件十分有意义的工作。

文学是语言的艺术。把用某种语言文字写成的文学作品翻译成另一种语言文字，是一件十分艰苦的工作。一般人不易理解其中的甘苦。关于语言文字的翻译工作，清末严复先生提出了"信、达、雅"原则。简单来说，"信"就是要忠实于原著，"达"就是要准确传达出原作的思想情绪和意义，"雅"就是翻译后的文字要有文采。这三个字说起来似乎很容易，实际做起来就不那么简单了。因为不同的语言文字，它们有各自的行文特点和表达习惯。将一种语言文字翻译成另一种语言文字，如果对这两种语言文字没有相当的知识和修养，要做到"信、达、雅"是困难的。而做不到"信、达、雅"，翻译就毫无意义。

《人生之梦　花之梦》反映的是缅甸现代社会民情、普通民众的日常生活以及他们在现实生活中经受的酸甜苦辣、悲喜忧愁。缅甸是个佛教盛行的国度，但小说中对于佛事或有关佛事活动的叙述描写并不多。小说主要是对居住在一栋普通两层楼房里的四家人的日常生活进行描写，因各自的文化、经济状况、社会地位和经历等的差异，他们在贫富、善恶、生死等观念上表现出了不同的思想认识和行为举止。

小说中的主人公叫吴巴布瓦，小说中的故事多以他为主线而展开。在小楼居住的四家人中，吴巴布瓦是最富裕的，他为什么会那样有钱呢？说来也很简单、自然。

吴巴布瓦虽有不幸，但总的来说是一个"幸运儿"。他出生不久母亲就去世了，不过父亲的生意飞速地发展了起来。一次，父亲和继母所乘的飞机失事，双双遇难。于是，吴巴布瓦继承了父母两边的财富，成了富翁。年轻、长相英俊而富有的吴巴布瓦过着逍遥的生活，后来还有了个不错的职位。他有钱、有财，妻子年轻漂

亮,儿女们均已长大在国外安家谋生,可说是儿女双全、荣华富贵都占了。不过,自从他的妻子去世后,他像一只受了伤的大老虎,高傲、吝啬、离群……

吴巴布瓦主观上不愿与其他人打成一片,但在现实生活中他不可能离群而独居。他周围有不少普通人,如给他治病的医生和住在同一栋楼里的邻居。这些人的正直、善良、纯朴、敢于担当等优良品质不断影响和浸染熏陶着他的灵魂,他的思想认识以及价值观也渐渐发生了一些变化。

人们虽然生活在不同地域、处在不同的社会制度之下,但都会碰到一些普遍共同的问题和对这些问题的认识及对待态度,如疾病、生死、贫富贵贱、婚姻家庭、父母子女、命运逆顺、凶恶良善、悲愁忧喜等,因其有共同性、普遍性,故能引起人们的共鸣。它能给人们教育警醒、启发思索,净化升华人们的思想行为。小说中多有这样的反映。

吴巴布瓦年轻时生活优渥,花天酒地,风流倜傥。但晚年遭受病痛折磨、孤独,他感到所有美好的一切都和他无关,正在远离他而去,运转着的世界突然变得面目狰狞了。所幸,小楼里的邻居们为他带来了一抹亮光。在生命快要终结前的不多时间里,他对自己的一生有所总结,其中有欣慰的,有遗憾的,也有晚年醒悟、有所批判和检讨的。

吴巴布瓦本来是一个极端自私的个人主义者,但在社会生活的实践中,受到普通民众良善思想行为的浸染与熏陶,一个金钱至上的守财奴认识到最重要的不是钱,而是情谊,于是慷慨解囊,救助邻居。他的内心是欣慰的。他对生死、国家民族观也有了新的正确的认识。在他病重的最后日子里,邻居们对他都非常体贴照顾,他感受到了人与人之间的温暖情谊。

　　小说中没有离奇的情节,也无奢华的场面,其突出特点是对人物心理活动的叙述描写,通过对人物内心活动的叙述来阐述其思想内容并形成一些悬念,由此推动情节的发展。在吴巴布瓦这个形象的塑造过程中,这显得尤为突出。小说中对于人物内心活动的叙述描写,体现了作者对所写内容的熟练把握,虽然小说中的直叙、描写不多,读起来似乎有一种跳跃式的感觉,不是很顺畅连贯,但却不像平铺直叙那样呆滞,反而显得灵动新颖。

　　我们对作者的了解甚少,仅从作品中看她对普通民众的日常生活、思想情绪以及社会民情、人情世故等的叙述描写,以见她对下层社会情势非常熟悉和了解,体察细心,因而作品中的语言相当平实朴素,描写细致入微,但也不乏诙谐幽默!如表达普通民众间的和睦相处、亲密友好和谐的程度,用作品中人物的话说:"自家的碗跑到别人家里去,别人家的碗跑到自己家里来。"吴扬威是仰光大学教师。初为助教,他的标志是白色硬领衣衫、若开筒裙、浅灰色缅甸传统外套;后升为讲师,待遇有所提高。玛钦拉与吴扬威结婚后,她对新的生活充满了憧憬——大学老师是生活富裕、庄重体面的,丈夫升任讲师后,戴着镜片厚重的眼镜、读着名著、弹着钢琴,坐着自家的小汽车……而现实是她的大学讲师丈夫家里"可以弹出响声的只有脸盆,可以乘坐的只有鞋子"。很是风趣!

　　书名也是有寓意的。人的生命是短暂的,中国古人就有"人

生苦短"的慨叹。死亡是自然规律，谁都逃脱不了，故有"人生一世，草木一秋"，可见生命之不永。人生像一场梦一样过得很快，生死就在一瞬间，谁也把握不了。吴巴布瓦不信佛，也不相信命运，但又认为晚年体衰生病而子女不在身边，感到孤独而痛苦，甚至想到可能死时也将无任何亲人在身边，这是命运安排好的。在与他的医生吴甘敏对"命运"进行争辩后，他的心情很沉痛。"这么说我是命中注定要得癌症而死了，死之前生命中注定子女们不在身边了！"他轻轻吸了一口气。吴巴布瓦想着想着就伤心起来，当他抬头往上看的时候，看到了头顶上盛开的大紫薇花苞。

草木的荣枯、大紫薇花的繁盛与凋落，时间之速逝，如人之生死。吴巴布瓦慨叹生命的短暂、处境的孤独、对死亡的恐惧……以此来映衬小说名——《人生之梦　花之梦》。

译者在高校工作，教学任务较重……没有整块的时间，只能断断续续地进行翻译。虽然如此，经艰苦不懈的努力，终于脱稿！我也有幸前前后后地读了她的翻译打印稿，成为小说中文版的第一个读者，并写了上面的文字，或能作导读"引子"，权且为序。

陶应昌

2020年10月19日于昆明莲花池畔

目 录

一 // 001

二 // 015

三 // 021

四 // 027

五 // 034

六 // 039

七 // 045

八 // 051

九 // 060

十 // 068

目录 人生之梦 花之梦

十一 // 079

十二 // 086

十三 // 099

十四 // 107

十五 // 119

十六 // 126

十七 // 131

十八 // 136

十九 // 147

后 记 // 155

一

这是一栋位于仰光市桑羌区乌枇路整洁的普通契约小楼房[1]，门牌号是52号。

一楼左边住着吴巴布瓦，楼上住的是哥扬威一家；一楼右边住着房东玛梅菊母女俩，楼上住的是哥高泰父子俩。

他们都是普通人，拥有普通人所具备的贪欲、愤怒和愚痴"三毒"以及傲气，同时他们也具备普通人的同情心和慈悲情怀。

吴巴布瓦的房间虽小，却明亮而温馨，一如往常散发着浓郁的玫瑰花香，还夹杂着雀巢咖啡的香气。

从录音机中流淌出的微弱的理查德·克莱德曼的钢琴声，依旧悦耳动听，令人心醉。

然而，今日的吴巴布瓦却不再像往常那样因那扑鼻的玫瑰花香而感到欣喜，也无法像往常那样沉醉于他最钟爱的钢琴声中。看着眼前的咖啡杯，他亦无心端起品尝。他感到所有美好的一切似乎都已与他无关，正在悄然离他而去。

吴巴布瓦感到，那个正常运转着的世界，也突然之间变得陌生而狰狞了。

"作为一个得知自己将不久于人世的人，在生命的最后时刻，应该怎么活呢？应该做些什么呢？"

---

[1] 缅甸的契约房是指拥有土地的缅甸人和承包商之间通过立契约的方式达成协议，由承包商出钱在拥有土地的缅甸人的土地上建造房子，之后房子按协议好的比例来进行分配。

吴巴布瓦一边呆呆地望着正在下国际象棋的吴甘敏医生，一边想着。

昨夜，他整个晚上都辗转反侧难以入睡，直到深夜快凌晨两点才起来吃了安眠药。

现在药效还未完全消退，脑袋晕乎乎的，眼皮沉重，气喘吁吁的连呼吸都感觉困难。

"我要怎么生活呢？"吴巴布瓦轻轻地叹了一口气，然后想："如果我能抑制住内心的恐惧，把所有的时间都用来拜佛、念经、修行的话，会不会好一点呢？"

然而，他深知自己这一生，一直都是把佛啊经啊之类的全都抛之脑后，轻率地活过来的，他的内心深处并不信佛。他知道，那些所谓的勤俭节约、知足常乐、通情达理、内心安宁等等，都是遥不可及的。

那么，如果他努力忘掉死亡的日期，随心所欲地四处游玩，尽情地挥霍剩余的时间，是不是会好一些呢？他又在想……

但是他也明白，随心所欲地四处游玩，尽情地挥霍剩余的时间，也已经无法给他带来快乐了。那么，是不是就到子女们所在的外国，边治疗边掰着手指头为生命倒计时呢？

"我的子女们是一群贪婪地追逐着物质财富和知识的人，他们正努力一步一步地建造自己的人生阶梯，争取爬得更高，即使我去了，又有谁会放下工作来照顾我呢？我可能只会成为他们的负担，唉！不是可能，是一定的。"

吴巴布瓦叹了口气。

"好了，吴巴布瓦，开始吧！"吴甘敏把棋盘推向吴巴布瓦，吴巴布瓦像从未见过国际象棋般呆呆地凝望着棋子，他这边的棋子是黑色的，吴甘敏那边的棋子是白色的。

"唉！我的棋子是黑色的！黑色是不吉祥的颜色，是死神的象征啊！"以前从未有过的想法突然涌入脑海，吴巴布瓦感到后背一阵凉飕飕的，不禁打了个寒战。尽管只差个把月就年满六十岁了，但是关于死亡，他还从未仔

细地思考过。他隐约接受死亡是逃避不了的，但总觉得，它是遥远而独立的存在。然而现在，他不知道是自己正向死亡靠近，还是死亡正向自己走来。事实就是死亡突然要降临了。

"喂！医生。"

"嗯！"

吴甘敏抬头望着他。吴巴布瓦努力地想挤出一个平静的微笑，却未能成功，然后继续说道："医生，你知道吗？这世上有两种人。"

"哦？"吴甘敏不解地回应道。

吴甘敏静静地观察着吴巴布瓦。吴巴布瓦既是他的病人，也是他的挚友。吴巴布瓦的私事他知道很多，也曾多次倾听过他的诉说。

"一种人，即使知道自己病重，也希望医生隐瞒真相，因为他们意志力薄弱，生活悲观，对死亡充满恐惧。"

磁带已经播放完毕，录音机里的钢琴声戛然而止。吴甘敏沉默未答，只是静静地坐着，因为担心会说错话。

"另一种人，如果得知自己患有不治之症，也希望医生能坦诚相告。虽然他们也害怕死亡，但却是想要勇敢地面对它，就像我这样的人。"

吴甘敏的脸骤然失色。"天哪！难道他已经知道了吗？"边想边感到不安起来。

吴巴布瓦用食指轻轻地触碰着花瓶里那些已经枯萎、低垂的玫瑰花瓣，他轻轻地拾起凋落下来的粉红色花瓣，放在手掌心里边看边干笑着。

吴巴布瓦无所事事时，也会感到又累又喘，他说：

"人啊，即使无谓地活着，也会感到很疲惫，体重也逐渐减轻，胸口也一阵阵地隐隐作痛，吃不好喝不好，因此，就把大小便、血液、口痰全都化验了一遍，一次又一次反复地做超声波检查，全部检查完之后医生给我输了营养液，并告诉我，烟倒是要少抽了。哈哈……哈哈！"

吴巴布瓦轻轻地将手心里的玫瑰花瓣放回到桌面上，然后直视着静静地坐着的吴甘敏医生，问道：

"甘敏,现在完全把烟戒掉的话,还来得及吗?你觉得我的生命能延长几个月呢?"

吴巴布瓦一边意味深长地望着因难以回答而急得满头大汗的吴甘敏,一边故意露出笑容。他努力让自己表现出不受困扰、内心平静的样子,但是他的声音却与往常迥异,透出撕裂般的尖锐。他继续说道:

"昨天,我在加拿大的二儿子托人捎来一个包裹,里面装着几件衣物、一些巧克力和补药。甘敏,我打算送你一件衬衫和两条巧克力,所以昨天晚上就去过你家了。"

"我家?"吴甘敏有些糊涂了。昨天晚上吴巴布瓦并没有来过家里呀!

"是的,甘敏,我把带去的包裹放在碗柜下面的抽屉里了,你回去打开看看吧!"吴巴布瓦肯定地说。

"什么时候呀?"吴甘敏追问道。

看着心烦意乱的吴甘敏,吴巴布瓦苦笑着,从容地点燃一支香烟,悠然地吸了起来。在试图阻止他吸烟的医生面前,有滋有味地慢慢地吸着烟,也别有一番滋味。

"是这样的,甘敏。我到的时候九点多了,你诊所里的糯萨拉好像正在打扫,说是因为病人少了,你已经回房间了,于是我就从侧门绕到了餐厅里。起初我是打算进入客厅的,但是因为听到你们夫妻俩正在说话,所以……"吴巴布瓦突然把话停住了。

吴甘敏下意识地紧握椅子扶手,心想那个时候他可能正在告诉妻子有关吴巴布瓦的情况。是的,他确实是在说吴巴布瓦的病情。

他说:"真是令人难过啊!钦玛!吴巴布瓦是一个很固执的人,如果他得知自己的病情,他可能会自暴自弃。"

"如果告诉他是做放射呢?"当妻子钦玛这样说的时候,吴甘敏回答说:"哎呀!吴巴布瓦是个聪明人,他还是个知识分子,怎么会不知道放射就是针对癌症做的化疗呢?但这种病即使做化疗也无济于事,他一旦知道真相,人立刻就会很悲观,仿佛被掏空了似的,整个人一下子就会萎靡不振,

我都不知道该如何是好。要不要通知他的子女们呢？想想吧！我想他也撑不了多久了，肺癌发展得很快。"

"医生，虽然我不太懂医学术语，但是大多数人都知道CA指的是癌症。"

他们两人的目光紧紧相对，眼睛直勾勾地互相看着对方。吴巴布瓦的眼神如同被判了死刑的囚犯，阴沉而绝望；吴甘敏的眼神，则是因为不知道该如何安慰、鼓励对方而显得很愧疚。

"那么，就不能让我知道我还剩多少时间吗？医生，听说肺癌会去世得很快。"吴巴布瓦用嘶哑而干裂的声音问道，同时不怀好意地笑了笑。

"不是的，吴巴布瓦！"吴甘敏故意清了清嗓子。

"这个……咳……咳！这个千万不要一概而论，谁什么时候死这种事，谁都不能确切地说清楚。从医学的角度来看，无论如何，还有宿命论的存在呢。"

"咳！咳……咳！哈哈！"

这时，吴巴布瓦仿佛听到了一个非常好笑的笑话，纵情大笑起来。

"你自己说的话甚至连你自己都不相信吧！你就不要来劝我了，医生，你知道的，叫作吴巴布瓦的这个家伙，是从来就没有过好运的家伙。"

由于闷热，吴甘敏出了些汗，他伸手按下了桌上电风扇的开关。伴随着轻柔的旋转声，微风习习吹拂而来，花瓶里的玫瑰花随风摇曳，桌上的玫瑰花瓣随风飘散。

"我刚出生不久母亲就去世了。哈哈哈！我是个从出生开始就这么'好运'的家伙。"吴巴布瓦自嘲地说道。

他暂时忘却了自己目前的处境，思绪飞回到从前。他是一个命运多舛的人，他的到来似乎既带来了好运，同时也带来了厄运。他的母亲生下他之后便离世了，而他父亲的生意却飞速地发展起来。

"我刚步入青春期时，父亲因为飞机失事也去世了，甚至连遗体都没找到。连同他后来娶的年轻继母也遇难了。因此，遗留下来的所有财产自然而然地归我所有了。父亲这边家境富裕，母亲那边也同样富有，所以我从两边继承的遗产自然颇为可观。年轻、英俊又多金，唉！我那时的生活简直如同神仙一般。"

说到这里，吴巴布瓦今天第一次露出了微笑。尽管他那金光闪闪的日子已经远去，但回忆起来依旧令他感到愉快。

"唉！最终我想正是因为这些财富、这些物质、这种奢华的生活，使我无法获得真正的情感。"吴巴布瓦轻叹一声。

吴巴布瓦的情况，吴甘敏早已了然于心。吴巴布瓦的妻子是一个毫无瑕疵且美丽而体面的人。在一次运动会上，吴巴布瓦对她一见倾心，并决定："我一定要娶到这个女孩。"尽管知道女孩已经有男朋友了，但是他没有退缩。凭借自己的社交圈、影响力、权势和财富等，最终得到了那个女孩。新婚之夜，女孩认真地看着他说："我已经成为你的妻子了，你让我住哪儿我就住哪儿，你叫我去哪儿我就去哪儿。放心吧，哥哥！我不会怀念旧情人，任何时候也都不会背叛你，我的身体只属于你。"

正如她所承诺的那样，她是一个名副其实的好妻子。他洗澡时，她会手拿毛巾在一旁伺候；他用餐时，她会坐在旁边为他剔除鱼刺；他下班回家时，她会涂抹上浓郁的黄香楝粉，在家门口迎接他；即使夜已深，只要他还没睡，她也不会先睡，而是一直等着他。

但他知道，她所有的行为举止就如同上了发条的木偶，机械而毫无感情。他经常会注意到他妻子的眼神，她的眼里，并不会因为爱意而闪烁着光芒，反而如同深邃的池塘水面一般平静而冰冷。每次在正式宴会上，人人都惊叹于他身边那位既美丽又体面的妻子。

"吴巴布瓦真是幸运啊！"每当听到这样的赞美，他表面上附和着微笑，内心却暗自怒火中烧。他自己最清楚，他拥有的不是一个人，仅仅是一个美丽的木偶。

他心爱的妻子在四十多岁时离世。在他们大约二十年的婚姻生活中，尽管她为他生育了三个可爱的子女，却从来没有对他说过一句"我爱你"。吴

巴布瓦表面上装作一个非常幸运的人，内心却充满了痛苦和忧伤。

"我担心孩子会落入继母之手，担心他们会和继母相处不睦，在为孩子们考虑了这所有的一切之后，我就没有再婚。四十八岁对于一个男人来说还很年轻，医生呀！想要再婚也很容易，尤其是像我这样什么都不缺的人。"

吴巴布瓦习惯性地吹嘘着。妻子去世之后，他就像一头受了伤的猛虎。

"得到一个女人，不一定要通过结婚。"他戏谑地说道。事实上，他没再婚，却追求过许多人，也确实得到过。

在妻子刚去世的那四五年内，他几乎都夜不归家。

他让三个子女都过着富足而美满的生活，因此，他自认为已经尽到了一个做父亲的责任。

"爸爸，生了孩子却不懂得如何去疼爱的父亲，是无用的！"第一个开始反抗他的，是他的大女儿。

"你们以为我不爱你们吗？像我这样能让你们过上如此富足而美满生活的父亲，你们找找看，还能找得到吗？"

"爸爸，您一定认为把我们照顾得十分周到，什么都不缺了。但是我们并没有感受到幸福美满，我们需要的是来自爸爸内心的关怀和陪伴。"大女儿反驳道。

"哟！还要我坐着大声喊'我爱你们、我爱你们'吗？这么大的年纪了还要我讲着故事、拍着哄你们睡觉吗？唉！"他怒气冲天地大喊大叫道。

大女儿不再说话了，只是静静地、呆呆地看着他。吴巴布瓦回忆着过去，虽然没喝酒，却感到头是晕沉沉的。

大约过了六年无拘无束、随心所欲的生活后，他逐步安定了下来。

正如大女儿说的那样，他开始将情感和时间都投入到子女们的身上，但是那个时候他们已经不再需要他了，因为他们的羽翼已经丰满，正准备展翅高飞，迎接广阔的天空。

"孩子们羽翼丰满，自然要离开巢穴，最终只剩下我孤身一人。"吴巴布瓦想着想着眼睛就泛红模糊了起来。

最先离开的，是他的二儿子。在获得工程师学位不久后，他就去了新加坡工作。在工作中他遇到了一位美国女孩并与她相爱，于是就在那儿结婚了，现在他和妻子一起定居在加拿大，他在一家建筑公司工作，薪资很不错。

紧接着，是他的大女儿。婚后不久，她按照计划跟随丈夫前往日本工作。

"爸爸，我走了。"她简单地向父亲告别后，便随丈夫离开了。之后再取得联系时，他们已经搬到了澳大利亚，现在他们一家在澳大利亚定居下来了。

最后离开的，是他的小儿子。他因联合国开发计划署的工作，去到了多米尼加岛上的森林里。至于他接下来会去哪个国家，连他自己也无法预知。

吴巴布瓦对远离家乡飞往遥远地方的孩子们充满了担心，但孩子们却似乎并不担心他。他们没有意识到，在他们不在的日子里，他们的父亲常常独自一人孤独而乏味地度过每一天。

似乎他们相信，父亲吴巴布瓦是一个生活完美、什么都不缺的人，无须他们陪伴在侧。当子女们需要他的时候，他远离子女，现在反过来到他需要子女们的时候，他却一个也得不到了。

最后，将小儿子送到机场返回家中后，他再也不想继续住在位于黄金谷路上的家里了。在宽敞明亮、富丽堂皇的家里，他心爱的妻子和子女们的声音和身影，都已悄然不在。

在孤独的日子里，他的工作也频繁出错。

因此，在犯下更大错误之前，他提前申请了病退，并把家重新装修后租给了大使馆。对于长年累月在家里工作的用人们，额外给每个人多支付了三个月的工资，随后将他们一一辞退。

之后，他就购买了位于桑羌区的现在这套小套房，一个人搬过来住。

一个人、一套房、一辆SE车①相伴，过着孤独而宁静的日子，这样的日

---

① SE车是指经济型配置的轿车。

子已经持续了大约一年。

在他的一生中，世间所有的享乐和荣华富贵，他已享受过无数次。因此，对于任何形式的奢华生活，他已不再渴望。早晨学佛，下午看电视，偶尔也会租录像带等来看，中午的时候和吴甘敏下国际象棋（吴甘敏早上和下午在诊所工作，中午常常有空），有时出城购物，有时去看电影。不过，由于他极少出门，车似乎成了多余的物品。

"事实上，我自己也已经成了一个多余的人了，时间有余、金钱有余、物品也有余，我什么都不再需要了。"

吴巴布瓦痛苦地沉思着。但他清楚地知道，他渴望与子女们、孙子孙女们一起享受那热闹的家庭生活，他渴望那极其温暖的家庭情感。然而，更糟糕的是，他清楚地意识到，他所奢求的东西是永远无法得到的。

"现在我将要死了，临死之际，如果再找个爱钱的女人，好不好呢？虽然我是个临死的老头子，但如果能得到遗产，那些年轻的小女孩也肯定会愿意跟我的。哈哈！哈哈哈！"吴巴布瓦啼笑皆非，用嘲讽的语气说道。这是因为他担心吴甘敏会发现他的恐惧。

"吴巴布瓦……"吴甘敏轻声地喊道。

"要不就到子女们那里去接受治疗，怎么样？"

昨晚这个想法一直在他的脑海中徘徊。去儿子和儿媳那里似乎不太好，去女儿那里呢？他犹豫不决地思考着。

但他知道，他的女儿和女婿各自都有自己的工作，孩子们也要上学，如果他去了的话，没有人能够长时间地陪在他身边。

他已经预感到，如果去女儿那里住下，他将依旧是独自一人，孤独地度过每一天。那么，如果选择住院呢？他轻轻地摇了摇头，叹了口气。如果去住院呢？

他渴望的，仅仅是女儿的温情与陪伴。他也清楚，虽然在一定程度上可以得到感情，但他也深知，与女儿相聚的时光，绝不会如他所愿那般无限制地延长。

他不愿躺在病榻之上，期盼着只有在规定的探视时间，女儿才会手捧鲜花匆匆赶来。他不愿目睹女儿因社会、经济、教育等繁杂事务无法久留而匆匆离去的背影，这会让他心痛加剧。谁又能断言这样的场景不会发生呢？

"好了，医生！不论到哪儿去治，不论怎么治，癌症向来无治愈之说。"

"当然，他们那里的药品或许更为先进、更齐全些。"

"但那也阻止不了死亡的脚步，不是吗？若真到了生命的尽头，我宁愿在自己的国度里安息。"

"那么，是否要通知他们呢？"

"不，不要。"心烦意乱的吴巴布瓦端起那杯冰冷的咖啡，猛地一饮而尽。

"难道你认为，在临死的时候就应该被子女们和亲朋好友们围绕吗？不需要，医生，对于我来说是不需要的。"吴巴布瓦一边低着头，目光落在桌上玻璃板下面的小照片上，一边满不在乎地说道。

一张是女儿一家在日本传统小屋前欢笑，如今他们已远赴澳大利亚；另一张是二儿子和他的妻子，背景是加拿大的尼亚加拉瀑布；还有一张是小儿子，他站在宛如缅甸森林般的密林中，双手抱在胸前，面无表情，似乎在远远地注视着他。

"还是不告诉他们为好，如果他们知道了，却无法回来，那岂不是更糟糕吗？他们一直认为，我的生活里并不需要他们。还有，如果回来的话……"吴巴布瓦想起了一位几年前去世的朋友，他的情况与自己相似，子女们都远赴异国他乡了。他临终时，子女们才聚集回来，却在他面前为了遗产而争吵不休。

如果自己的子女们也像这样，不是带着温情，而是满怀贪欲地来到他的身边呢？这种事情谁也难以预料啊！

吴巴布瓦更加忧心如焚，更加难过起来了。他非常害怕会像朋友那样。他深知，那样的事情相比于癌症和死亡，会更加令他伤心难过。

"吴巴布瓦，你身边当然需要有人端水递药了。"吴甘敏说道。

"会来的，医生，会来的。我父母亲两边的亲戚众多。"

吴巴布瓦心里暗自计算着，当得知他将不久于人世的消息后，会有哪些亲戚聚集而来，他的嘴角勾起一抹嘲讽般的微笑，继续想道：

"呸！一群无用之人，除了金钱，他们一无所长，只追逐金钱，只看重钱，只被金钱所驱使的一群人。"

吴巴布瓦对他的亲戚们充满了蔑视，那些富有的亲戚傲慢自大、爱炫耀，他看不顺眼；而那些贫穷的亲戚，则又是一群贪婪的白眼狼，索求无度，他也不屑一顾。

由于在婚姻不幸的父母身边长大，他的内心充满了自卑和脆弱。由于内心脆弱，他表面上努力装作坚强，最终成了一个冷酷无情的人。他自己也明白，他的言行举止往往显得狂妄自大，爱炫耀。

然而，他认为，与其在别人眼里是一个自卑脆弱的人，不如成为一个强硬冷酷的人。他越是富有，就越是怀疑那些与他亲密交往的人都是觊觎他的钱才讨好他的。他坚信，不论是他的妻子、他的子女、他的亲朋好友，还是陌生人，没有谁是真心实意地对待他、爱他。

"大……大……伯！"

听到门口传来的怯生生的叫声，吴巴布瓦的思绪突然被打断了。

楼上的两个小孩提着提盒，正站在门口。

"我们是来送鱼汤米线的，大伯！"

"因为什么呢？"

吴巴布瓦很不待见楼上的孩子们。对于需要安静的他而言，孩子们的读书声、说话声、响亮的欢笑声、时不时的跑跳打闹声，都是干扰。

"今天是我的生日，大伯！所以妈妈为我做了鱼汤米线。"

一个大约八岁、聪明伶俐的小女孩兴奋地说道。

"多的也送不起，大伯！就只送了寺庙和这里的四家。"

那个十三岁左右的男孩补充道，并把装有鱼汤米线的提盒恭恭敬敬地递给了正站起身来的吴巴布瓦。

吴甘敏宛如被关在屋子的角落里,感到窒息,此刻终于找到了呼吸的出口,他深深地吸了一大口气,说道:

"嘿!你们的鱼汤米线只够一个人吃吗?"

"大伯,很多的!妈妈说也有医生大伯的,就盛了很多。"

"如果真要我吃的话,这一整盒都不够呀!"

"大伯,那么我现在再去拿!请稍等。"

"算了,我是开玩笑的。"

吴甘敏含糊其词地说着站起身来。他不知道该如何安慰、鼓励吴巴布瓦,长时间的对话让他感到很压抑。

像吴巴布瓦这样的人,即使对他说"虽然是癌症,但也没什么可怕的,治好的人也很多"这样的话,也是徒劳的。

过了一会儿,吴巴布瓦腾好了鱼汤米线之后,手里拿着大约一拃①长的一盒巧克力走了出来。

"这倒是他的习惯,"吴甘敏心想,"当然是估价后用巧克力来换鱼汤米线了。"

吴巴布瓦就是这样一个人,如果你给他价值五缅元的东西,他就会还给你价值十到十五缅元的东西,才会感到满意。这并非出于深厚的情谊,而是出于"我不会从任何人那里白拿任何东西"的这种傲慢心态。他只是满足于"我是个如果拿了别人的一缅元,必定会返还给两缅元的人"这样的想法罢了。

因为是挚友,吴甘敏为吴巴布瓦治病,并不想要医药费,但是吴巴布瓦却……

"他为我做了这么多,一定值这么多。"总是习惯于用东西估价之后,时不时找借口送礼物给他。

"给,给你的。"吴巴布瓦对小女孩说。

---

① 一拃是指用大拇指和中指所测量到的长度,大约为二十厘米。

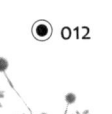

"哇！巧克力！"

小女孩惊喜地望着那盒带有棕色可可豆图案的漂亮的巧克力盒子，却下意识地向后退了一步，突然摇起了头。

"算了，大伯！"

"什么？孩子，你不喜欢巧克力吗？"吴巴布瓦带着疑惑问道。

"当然喜欢啦！"

小女孩笑得连新长的小牙都露了出来。

"像这种最好的，我一次都没有吃过。"

"什么？哥吴，我说的是真的。他也没吃过嘛。哼！"小女孩抬起下巴，笑眯眯地望着那似乎在阻止她的哥哥。

"那么，现在就尝尝吧！"吴巴布瓦得意地说。

"不，不。"

尽管小女孩对那盒漂亮的巧克力充满好奇和喜爱，但她只是伸手接过了装鱼汤米线的提盒。然后，怯生生地向皱着眉头的吴巴布瓦说道："大伯，我不能要！我不是因为想吃巧克力才来送鱼汤米线的。"

她的声音虽小，但是在吴巴布瓦听来却是非常响亮。强烈的震撼甚至使他暂时忘记了一直压迫、折磨他思想的死神。

他一边腾着鱼汤米线一边思考着，该回赠给他们什么好呢，按鱼汤米线的估价，大概在二十五到三十缅元之间。

"那么，我该回赠他们价值一百多缅元的东西。"怀着这样的想法，于是他拿起那盒巧克力走了出来。他深信，看到他手里的巧克力，两个小孩都会很高兴，会很惊喜，会满怀感激地接过去的。

"现在却说不是因为想吃巧克力才来送鱼汤米线的。"吴巴布瓦感到很意外。

"哼！如同指尖般大小的小家伙。"

吴巴布瓦越想越感到难受，他一边目光不满地追随着提着装鱼汤米线提盒离去的两个小孩的背影，一边心中暗想，一定是因为那两个小孩不知道这巧克力有多美味。

此刻,吴甘敏轻轻地拍着他的肩膀,并说道:

"吴巴布瓦呀,这个世界上还是有只付出但不求回报的人的。"

二

铝锅中,鱼汤米线汤上漂着一层辣椒油,饱吸了汤汁被煮得软烂的芭蕉心和洋葱头也漂浮在汤面上,散发着香茅草的香味,令人垂涎欲滴。

"虽说只煮了四缅斤,但由于鱼和米线的价格都上涨了,所以还是花费不少。"玛钦拉坐在炉子旁边,心里暗暗计算着这一顿的开销。在两个大儿子哥吴哥都的生日那天,她未能准备任何食物,因此在最小的女儿芥芥的生日这天,她决定要么煮椰汁汤面,要么煮鱼汤米线,以此作为功德供养寺庙。

不做善事也不行啊,芥芥自出生起就体弱多病,肚子胀痛、胃痛、胸闷、咳嗽、黄疸、流行性乙型脑炎等小孩容易患的所有疾病,她都无一幸免。即便是在不生病的时候,可怜的她也会不停地流鼻涕。

因此,玛钦拉像养蚕一样精心照料着芥芥,直到五岁多时,她的身体才渐渐好转起来。由于体弱多病,家人对她非常溺爱,几乎都顺着她,她的性格也因此变得刚烈,就连名字都取为芥芥[①]。

"现在芥芥倒是身体棒棒的,非常健康。"

玛钦拉高兴地微笑着,芥芥的身体好转后,他们终于松了一口气。因为省下了医药费,所以他们的饭菜也才能看到点油水。

"但不要以为每天都能吃上肉,吃腌杭果、豆类菜的日子也多的是。"

尽管吃豆类菜的日子很多,但孩子们的父亲吴扬威却不平凡,他是仰光大学的一名老师。

---
① "芥"是缅语音译,是"刚烈"的意思。

"说是老师,他其实已经不是助教,而是一名讲师了。但是和小说里的讲师截然不同。"

玛钦拉曾在小说和电影里见过的大学老师,总是生活优渥、庄重体面。

他们结婚时,哥扬威①还只是个初出茅庐的小助教。白色硬领衣衫、若开②筒裙、浅棕色土布缅族传统外套③,成为哥扬威的标志。玛钦拉曾经满怀希望,期待这位诚实、上进的大学老师能够为她带来荣华富贵和快乐幸福。

她曾幻想过,当他们年老时,大讲师吴扬威会戴着镜片厚重的眼镜、读着名著、弹着钢琴、乘坐着小轿车的情景。

"然而现实却是,我的大讲师丈夫家里能发出声响的只有脸盆,可以乘坐的只有鞋子。"④

玛钦拉想着想着,不禁扑哧一声笑出声来。有时,当她看到哥扬威和孩子们一起趴在屋前的地板上津津有味地阅读着波杜王、森林之王杜比的故事时,玛钦拉仿佛又看到了她曾想象过的大讲师的身影,于是常常一个人偷偷地笑。

"妈……妈!"芥芥咚咚咚地跑进了厨房。

"喂!慢点儿走,孩子。你也知道楼下嘟脸爷的情况。"

玛钦拉忧心忡忡地说道。虽然孩子们称呼吴巴布瓦为"大伯",但是她却叫他"嘟脸爷",因为他总是嘟着一张臭脸。

"妈妈,这次嘟脸爷的脸不嘟了,他还给我巧克力呢。"

---

① 哥扬威就是上文中的吴扬威,缅甸人名没有姓,在名字前面加不同的词表示对话者之间不同的关系及感情色彩。在男性名字前加"吴"表示此人是有身份有地位的人,同时也表示说话者对此人的尊敬之情,常用于晚辈对长辈之间或不太熟悉的人之间;在男性名字前加"哥"表示对话双方是弟兄辈关系(哥在缅甸语中是哥哥的意思),晚辈对长辈称呼时使用,也可表示对话双方是平辈关系,表明两者之间关系亲密;在男性名字前加"貌"表示对话双方是兄弟辈关系("貌"在缅甸语中是"弟弟"的意思),长辈对晚辈称呼时使用。
② 若开是缅甸的地名,指缅甸若开邦地区。
③ 这里指缅甸传统男士外套,类似我国的小马褂。
④ 缅甸语中穿鞋的"穿"字和乘车的"乘"字是同音异义字。

"哎哟！可真新鲜啊！"

玛钦拉对吴巴布瓦向来没有什么好感，总是不由自主地对他不满。尽管他搬来已经大约一年了，却从未与任何人建立起亲密友好的关系。他能平等交往的人，唯有住在敏格拉路上的吴甘敏医生一人。

"妈妈！巧克力盒子漂亮极了，有这么大。"

芥芥用两只小手在空中比画着圆圈。

"女儿你没拿，对吧？"

"没拿。"

"嗯，真乖。小孩子是不能随便拿、随便吃别人的东西的，这样不好。"

"我知道的，妈妈您也真是的。"

玛钦拉继续往提盒里装米线，心中却在琢磨吴巴布瓦为何会想到给孩子巧克力呢？虽然他们上下楼时经常遇见，但他却一次都没有给过她笑脸。

有一次，哥扬威主动跟他打招呼说："叔，您好吗？"

吴巴布瓦什么都没回答，只是点了点头就走了。

哥扬威却没有放弃，再次遇到时，还用十分歉意的语气说道："孩子们正是淘气的年龄，对楼下的叔叔您感到很抱歉，有时候吵吵嚷嚷的不知道有没有打扰到您？"

吴巴布瓦狠狠地直视着哥扬威，生硬地说道："没办法呀！我这家伙偏偏又是搬来这栋楼里住。"

因此，就连一向和任何人都能和睦相处的哥扬威也对吴巴布瓦举手投降了，并无不称赞地说道："老头子还真难搞，我想可能是从总局长的位置上退休下来的，架子还很大。"

"不只是架子大，还很小气，他明明有电话却怕别人来打，怕费钱，就把电话放到卧室里去了。"

对于同住一个屋檐下，明明有电话却不让其他人来打这件事，玛钦拉感到十分寒心。

听说隔壁的哥高泰想要打电话,去求助于他时,他曾说过:"如果有急事就打吧,但是我很不喜欢家里有人进进出出、乱哄哄的。"

因此,一旦有紧急事情需要打电话,他们就得跑到孩子们的朋友波木、波夸家去,他们的母亲糯戴雅娜性格脾气很好,对待芥芥和她们兄弟姐妹总是和蔼可亲。

"妈妈,这次是去瑞奶奶[①]家吗?"

"嗯,送给她们家去吧!如果瑞奶奶问是用什么鱼做的,就说是用一半鲮鱼和一半鲇鱼混合煮成的。"

因为汤汁溢出弄脏了提盒口,玛钦拉不得不重新拿回来用抹布仔细擦拭。她知道瑞奶奶爱挑剔,所以对她比对其他人要格外细心。

"如果问起是按什么比例来做的,就说是按三缅斤米线配一缅斤鱼的比例做的,现在做的是六缅斤米线配两缅斤鱼[②],知道了吗?哥吴,好好记下来!"

玛钦拉担心芥芥记不住,就再次叮嘱哥吴。实际上她是用四缅斤米线配九十缅两鲮鱼做成的。

但对于爱挑剔又很好管闲事的瑞奶奶,玛钦拉总是会撒个小谎。因为她知道如果不这样说的话,瑞奶奶就一定会鄙视地说:

"哎呀!玛钦拉你们也真是的,因为想好好地享受,才在自己家里做,原来这么节约呀!既然是想吃好的,就得要舍得花钱的嘛!"

"没用的老奶奶!实际上她除了会看她那被试金石使劲地打磨过的、典当的金子之外,其他什么都不懂、什么都不会。像这样哄骗她,她反而会对你刮目相看。她一定会说:'玛钦拉呀,这鱼汤米线真好啊!婶婶我只要一放到舌头上就能尝得出来了。'"

瑞奶奶母女俩是这些房子的土地所有者,她们联系了一位好说话的承包商,建造了这栋楼。说是除了可以选自己喜欢的一间房间之外,还可以获得

[①] 这里的瑞奶奶是指下文中的杜瑞奴,玛梅菊的母亲。
[②] 一缅斤相当于三点二四市斤。

十万元缅币，于是她们便欣然同意把土地交出去了。

承包商也在短短的六个月之内便建成了这栋式样精巧、外观漂亮的大楼，并从中获得了丰厚利润。瑞奶奶她们也如愿得到了十万元缅币。

然而，所有的房东们[1]不得不忍受着从大楼墙上纷纷剥落下来的灰泥。

"妈妈，吴高[2]他们家还没送呢，廷大伯爷爷[3]可是很喜欢吃鱼汤米线的。"正在把青豆角切成细丝的二儿子哥都提醒道。

她的三个孩子中，哥吴和芥芥常常结伴而行，而二儿子哥都则总是跟在妈妈的身边。虽然哥吴和哥都在年龄上仅相差约一岁半，但哥吴的成熟稳重与他的年龄极不相称，相比之下，哥都却和芥芥一样，还保留着孩童的撒娇天性。

"我告诉廷大伯爷爷说要给他们送鱼汤米线时，他说要多送点，他不吃饭了，会等着吃鱼汤米线的。"哥都继续说道。

"好的，等提盒拿回来就送。除了提盒也没有其他可用来送的东西了呀！"玛钦拉回应道。

"妈妈，可以用饭盒装汤，用盘子装米线呀！"哥都急切地建议道。

"儿子，你为什么这么着急呢？"玛钦拉问道。

"妈妈，因为我可怜廷大伯爷爷呀！这次去他们家，吃的是烤咸鱼干；下次去他们家，吃的是水煮鸭蛋。就只吃这些，连菜也不会做。"哥都同情地说道。

"哎哟，在现在这个年代能吃烤咸鱼干和水煮鸭蛋还嫌差呀？还有你那个大爷也是，他真的对吃饭感兴趣吗？这么大的年纪了就只会吞食那些液体——酒。"

玛钦拉对廷大伯爷爷也颇有微词，尽管年过六旬，但他的双脚从来未踏进过寺院，反而每天就只会按时往酒馆里跑。有时哥高泰还得扶着醉得

---

[1] 这里的房东们是指原来土地的所有者。
[2] 这里的吴高是指下文中的吴高泰（即哥高泰），是小孩对他名字的简称。
[3] 这里的廷大伯爷爷是指下文中的吴廷，吴高泰的父亲，是小孩对他特有的一种混乱的称呼。

东倒西歪的父亲回家；如果他没有按时回家，哥高泰还得经常出去寻找。

此外，哥高泰还经常用人力车拉着喝得酩酊大醉的父亲回家。廷大伯爷爷喝醉之后除了会微笑，有时会唱歌之外，倒也不会闹事。他喝醉之后也不会打扰任何人，所以大家都对此并不在意。只有楼下的瑞奶奶每次和他说话时，都会取笑他说："醉廷！啊！吴廷！"

"妈妈，他喝醉了还会自己一个人唱歌，挺有趣的！有时候甚至还会画小人给我们看。"

听说廷大伯爷爷曾是一位画家，虽然他为许多杂志画过画，但他的名字却鲜为人知。哥扬威曾不以为然地说过："只要愿意，人们甚至可以把写车牌号的人也称作画家。"

就在这时，芥芥又从屋子后门咚咚咚地跑了进来。

"妈妈，瑞奶奶给了我好多祝福，祝我健康，祝我幸福，祝我福气满满，祝我长寿，祝我学习进步，还有，还有祝我能找个好老公、生个好儿子。嘻嘻嘻……"

大家都围了过来，看着芥芥那嬉皮笑脸的样子，不禁哈哈大笑起来。

三

"妈妈也真是的,为什么在祝福时总要加上'找个好老公、生个好儿子'这样的话呢?"老剩女玛梅菊不悦地想道。

"好像没有老公,人生就不完美似的,哼!"

每次听到"找个好老公、生个好儿子"这句话时,玛梅菊都认为这是在贬低她,心里就会默默反驳道:"是我不想要才没有去找,而不是找不到。"

玛梅菊的长相虽说不是特别出众,但比一般的人要好看些。她年轻时,追求她的人、捕风捉影开她玩笑的人、请媒婆提亲的人络绎不绝。她总是以"皮肤黑""龅牙""没钱""不帅"等理由挑剔,就这样挑来选去把年龄也挑大了。

"唉,现在我的年龄也已经超过三十五岁了,我想同龄的未婚男子也已经没有了。唉,鳏夫和离过一次婚的男人倒是会有的。"

玛梅菊暗自思量着,每当想到楼上的老光棍哥高泰时就一脸娇羞。实际上他不是老光棍,而是结过一次婚的鳏夫。但街坊邻居总是将他视为老光棍,并总是会含蓄地拿楼下的玛梅菊母女俩和楼上的他们父子俩开玩笑。

"哼,那条街上的那家租书店的店员们更是过分。"玛梅菊从市场回来,经过书店时,店员们总是会开玩笑地说:"老剩女呀,不觉得篮子重吗?怎么不把你家旁边能帮你提篮子的人叫来呢?"

当她摆出一副"要叫谁来呢?"的表情反问时,他们又调侃道:

"嘻嘻,芥芥他们兄妹呀!"

有一次，他们对哥高泰大声嚷嚷道："老光棍，告诉老剩女，貌盛温找到女朋友了。"

像这样人们捕风捉影地逗他俩的事，玛梅菊和哥高泰都已心知肚明。因此，当玛梅菊遇到哥高泰时，就会含糊其词地说："听说貌盛温已经找到女朋友了，你要不要也抓紧呢？"

哥高泰也会热情点头，急切地回答道："嗯，要的，要的，等了好久了。"然后又急忙补充道："是书，书。"

"这鱼汤米线太好吃了，米线是加玛①的米线，汤正如妈妈说的，是按米线和鱼三比一的比例煮的。"

杜瑞奴吃了一碗还不够，又舀了一碗继续吃。

"要是再加个鸭蛋就完美了，玛钦拉她们也真是的，既要布施，又这么小气。"杜瑞奴挑剔地说道。

"妈妈，一个鸭蛋已经要五块②多了，怎么可能多加呢！现在这样已经很不错了。"玛梅菊辩解道。

"如果再加鸭蛋，当然要比现在的好了。"

"已经加了，妈妈，您看这里，这些是鸭蛋渣。"玛梅菊从汤碗里捞出鸭蛋渣给母亲看。

"哎呀，你捞的鸭蛋得用放大镜看才能看得见呀！"杜瑞奴调侃道。

玛梅菊不再与她母亲争辩，安静了下来。她知道如果再争辩下去，她的母亲就会说："这也是鸭蛋？难道不是把壁虎蛋切开后放在里面的吗？"

虽然她的母亲杜瑞奴是个街坊有红白喜事时，总能全力以赴帮助大家的人，但整条街的人都知道她也是个喜欢挑起事端、制造麻烦的人。此外，如果不是她亲手做的，无论多么美味，她总是会鸡蛋里挑骨头的。

"不知道那屋里的人是怎么生活的？"

饱食两碗鱼汤米线后，杜瑞奴想起了那屋里的吴巴布瓦。她对这位搬到

---

① "加玛"是音译，是指印度一家米线店的名称。
② 这里指五缅元。

这条街上来住,却从不与人交往,总是独自生活,严肃而孤傲的吴巴布瓦充满了好奇,同时也有些不满。

"妈妈,他好像经常吃快餐,瑞巴店里的菜味道也不错。有一天,我看到他从车里拿下来了鱼罐头和肉罐头。"她女儿说道。

"是吗?不知道是不是用来下酒的?"杜瑞奴猜测道。

"他看起来不像是会喝酒的人,妈妈!"女儿反驳道。

"哦,可能会喝的吧,听说他以前可是个花天酒地的人。"

杜瑞奴在心里暗暗猜想着吴巴布瓦的年龄,心想"他一定比我大",听说他已经退休了,即使不是正常退休年龄,也该有六十岁左右了,头发不白,那肯定是染过的。

今早整个上午,杜瑞奴一会儿想着楼上玛钦拉母子的情况,一会儿又想着隔壁屋吴巴布瓦的情况,以至于她都忘记了她那隐隐作痛的胸口。

平时她常想"胸口隐痛,可能是肚子胀痛引起的""唉,是肝癌吗?还是胆结石呢?天哪!天哪!"这些想法,此刻杜瑞奴却没有像往常那样胡思乱想。

"听说他的子女们都在国外。"她继续说道。

"那他为什么一个人留在这里呢?跟着去不就好了嘛!"女儿疑惑道。

"也不知道子女们是否真的希望他跟着去呀?"杜瑞奴说道。

"哦,只剩下父亲独自一个人了呀!怎么可能不要他去呢!妈妈呀!"女儿反驳道。

"女儿啊!儿女们各自成家之后,心就向着外人了。如果儿子孝顺,女儿孝顺,儿媳妇、女婿也都孝顺,那还好,要是像你嫂子那种人,就糟糕了。"

杜瑞奴对她的儿媳妇颇有微词,认为她虽然嘴上"妈妈,妈妈"地叫得很甜,但内心却是十分不情愿。

"看看楼上的吴廷吧!如果跟着儿媳或女婿住,他怎么可能像这样疯狂酗酒呢?只有儿子一个人,没有外人,才能忍受自己的父亲,嘻嘻!"

说话间，杜瑞奴不经意地往门口瞥了一眼，当看到直挺挺地站立着的吴廷时，杜瑞奴吓了一跳，不知道该继续说什么好，只是心虚地咧着嘴对着吴廷笑道："嘻嘻，醉廷，哎，吴廷。"

"居士大姐，有没有剩余的冷饭？"吴廷问道。

"可能有吧。"杜瑞奴边回答边朝女儿喊道："女儿呀！"

"我想用来拌鱼汤米线吃，我喜欢用鱼汤米线拌饭吃，这样吃起来我才觉得过瘾。现在再煮饭又晚了，昨晚又没剩冷饭。"吴廷补充道。

其实是因为孩子们提前说会送来鱼汤米线，吴廷就没煮饭干等着了。当拿到鱼汤米线后，他才萌生了想要用它拌饭大快朵颐的念头。

再煮饭既费时又费力，而且他的肚子已经很饿了，于是他便想轻轻松松地下楼来讨碗饭，如果这家没有，就换另外一家。吴廷心里明白，在桑羌这样的缅甸社区里，无论米价如何上涨，邻里之间不会为了一碗米饭而吝啬。

"进来坐，廷大伯，我去给您盛饭。"

玛梅菊从吴廷的手里接过上了釉的铁盆，走进了厨房。吴廷没有进屋，而是站在门口，目光落在墙上挂着的杜瑞奴夫妇俩的旧照片上，那是大约三十年前的照片，那时的杜瑞奴年轻漂亮，她的丈夫也很英俊潇洒。

"我想居士大姐们是要吃斋守戒的吧？"

"哦！是的。"

吴廷说完才突然想起今天是晦日①。他这样问，似乎是因为记起了那一次杜瑞奴曾经对他们说过，每到望日②和晦日都会吃斋守戒的事，才故意问的。虽然杜瑞奴当时是带着炫耀的口吻说的，但她却没有注意到今天是晦日，也没有吃斋守戒。

"吴廷你呢，守戒吗？"杜瑞奴反问道。

"不守。"吴廷摇头，他已经好多年没有斋戒了，他们家的佛龛上，除了几支塑料干花插在花瓶里之外，再无其他的装饰，他心里甚至感觉到连那

---

①晦日是指缅历每月的最后一天。
②望日是指缅历每月十五日（月圆日）。

尊小佛像也不愿意仔细看他，而是垂下了眼皮，他也不敢直视那尊小佛像，拜佛时也只是胆怯地侧着头拜。

"吴廷，你年纪也不小了，那些比你年长的人都已离世，有空时，不妨数数佛珠、听听经文，尽可能将佛法铭记于心，使自己得到安宁。只有这样，你的这一生才没有白过，才能获得圆满。"

杜瑞奴取下手腕上的白檀香佛珠串，做出要念经的样子。尽管她的手指噼里啪啦地拨动着佛珠，但她的心思却无法集中起来，一会儿想到这个人就感到生气，一会儿想到那个人就想发火，对此情形她自己也感到无能为力。

"对于做佛事，我也已经是尽我所能了，"吴廷笑眯眯地说，"甚至没钱的时候，我就打算把所有的东西都拿到当铺去当。"吴廷父子俩习惯把去当铺说成是"得靠中国人"①，但杜瑞奴似乎没有理解他的意思。

"是啊，他年纪也大了，喝酒时喝酒，不喝时也会念经修道的吧！"吴廷心想，杜瑞奴心里一定是这样猜想自己的。

"是啊，吴廷！每天五分钟也好，十分钟也好，当然要尽可能地去修习呀！"杜瑞奴鼓励道。

"是的。"吴廷应和道。

"自己能带走的，也就只有这些了。"杜瑞奴继续说道。

"是的。"吴廷回答道。

"其他的，都得留下。"杜瑞奴补充道。

"是的，是的。"吴廷一边附和着杜瑞奴的话，一边愉快地想："我倒是没有什么可留下的，也没有什么可带走的。"

"虽然没有功德，但不知道罪过是否已经很多了？"当吴廷继续想到这一点时，他的心情变得十分沉重。虽然没有犯过其他大的罪过，但他清楚，在五戒中不喝酒这条戒律，自己每天都在犯，如同一个顺水漂流的人。

"刚开始修道打坐时，是很难控制自己内心，使其宁静的，似乎这里疼那里麻，全身就像被蚂蚁群围着咬一样，十分难受。吴廷啊，在家打坐静不

---

① 在缅甸，很多当铺的老板是中国人。

下心来的话，不妨到寺庙诵经殿里去试试。"

正当杜瑞奴做出要讲经布道的样子时，玛梅菊走了出来，吴廷这才如释重负地松了口气。

"大伯，家里没有冷饭了，给您拿了热饭。"

"好的，谢谢！"吴廷接过装满了米饭的铁盆，连声道谢。他心里已经开始想象，将这米饭倒入装有鱼汤米线的碗中，再放点酱油和辣椒粉，用勺子搅拌均匀后，搭配着青豆角一起享用。哈……真是越想越饿了。

"即使不能亲临诵经的寺庙，也要尽可能在家里诵读经文。醉廷，哦……哦……吴廷！据说佛法是可以在自己身上找到的。"杜瑞奴继续教诲道。

"好的，好的。走了啊，居士大姐。"吴廷强行中断了谈话，并小心翼翼地穿上胶鞋，快步走上楼去。

"就这样白白要了一碗饭，这点讲经布道当然得要忍受了。"吴廷边想边自顾自地笑了起来，心中继续想道：

"我也应该回答她说'醉廷，哎，吴廷是可以在酒馆里找得到的'就好了，哈哈哈！"

四

哥高泰坐在如同沙丁鱼罐头般拥挤的公交车内,他是从终点站上车的,所以才能有座位舒舒服服地坐着。

"这个时间,不知道父亲是不是已经到酒馆了?"哥高泰闻到紧挨在他旁边坐着的乘客身上散发的酒气,不禁想到了自己的父亲。

"在这如此拥挤不堪的人群中,还有人在吞食这种液体(酒)后来乘车,唉,连呼吸都变得困难了,太臭了!"

站在他面前的女人不满地叽里咕噜地说着,不知道这酒鬼是否误以为她是在赞美他,一边微笑着倾听,一边轻轻地打了好几个带有酸味的嗝。女人一闻到他身上的酸味,立刻就毫不掩饰地皱起眉头,并使劲地往哥高泰这边挤。她挤过来倒是无妨,问题在于她太胖了。

她的下半身占据了两个人的空间,堵住了过道;她的上半身紧贴在哥高泰的脸旁。没有刺鼻的香水味,但汗味却十分浓烈。

"女人们站着,男人们却坐着,这倒是挺不好意思的,但是也没办法,能有个座位已经不是一般的幸运了。"哥高泰心想。

"关键是孕妇千万别上来。"

如果孕妇上车,他就会坐立不安,不得不起来让座了。

随着人们不断挤来,哥高泰尴尬地侧身避让,试图躲避那个女人愈发向她贴来的上半身。

"对不起,大哥,对不起。"女人道歉道。

"哎哟!她明明与我母亲年纪相仿,却还叫我大哥!哼!没让位给这样一个老女人真是太对了。"

哥高泰往另一边避让，便闻到那边那个酒鬼身上酸溜溜的气味，而且愈发浓烈。这气味虽然他很熟悉，但他一点也不喜欢。他认为正是酒这东西毁掉了他的父亲。自从染上了酒瘾，父亲便不再好好工作，不再守约，个人才华和艺术水平也一落千丈。现在如果说父亲的作品曾在杂志上发表过，肯定已经没有人会相信了。

大家只知道他是个写"义务诊所""缝纫快速培训学校"等商店招牌的老爷爷。别人是否知晓，父亲倒是不在乎，时而作画，时而书写，他的酒钱倒是他自己早早地就挣到手了。

"下车了，下车了。"当公交车到达妇产科医院站时，那个胖女人挤撞着要下车。

"有人说要下车了，还有要下车的，还有要下车的。"哥高泰兴高采烈地帮她叫喊着，心想这个老女人下去了，他就可以稍微舒服一点了。

"哟嗬！孩子母亲。"

然而，他还没高兴太久，就看到一位抱着约六个月大的小孩挤了上来的妇女，他吓了一跳。因为他坐的位置离门口最近，这个小孩和妇女将会来到他的面前，他该怎么办呢？

可惜了已经到手的座位，但要他熟视无睹地继续坐着，对他来说也不容易。虽然已经是成年男子，但有的人也会和孕妇抢座位，哥高泰时常很担心自己也会变成这类男人。

"慢点挤吧！这里还抱着孩子呢！"怀抱小孩的妇女说道。

"上快点呀！后面人还很多。"车下的乘客催促道。

"已经在上了呀，谁也没有站着不动呀！"妇女嘟哝道。

"公交车就得要快上快下呀！不然就买私家车吧！"有人抱怨道。

"坐不了私家车才来挤公交车的嘛，大家都是乘客，你别多管闲事。"妇女又反驳道。

下面的人使劲挤着，抱着小孩的妇女嘟嘟囔囔地谩骂着来到了哥高泰

的面前。她突然拍打了一下因为拥挤而哇哇大哭的孩子的屁股，并呵斥道："安静点，我正心烦着呢！"

孩子因受惊而停止了哭泣，眼睛睁得圆圆的，盯着正在看他的哥高泰。

"可以把孩子给我抱吗？"

不想让位的哥高泰主动要求帮忙抱孩子，妇女犹豫了片刻，打量了他一眼，然后将手里的小孩缓缓地递给了他。小孩虽然不算健壮，但面容甜美，睁着圆圆的大眼睛望着哥高泰，乖巧地让哥高泰接了过去。

"哟！还真能抱过来呀！我还以为他只会黏着妈妈呢！"

"不是我的孩子，他的母亲死了，只好由我照顾了。"妇女生硬地回答说。哥高泰为自己误将不是母亲的人当作孩子的母亲而感到些许尴尬，但似乎妇女并没有因此而生气。

"他的父亲说是要去做生意，在他妈妈怀着他的时候就离开家了，也不知道死到哪里去了；他的母亲自生下他之后就一直身体不好，又没有亲人照顾，我们这些邻居们看不下去，就分出自己的口粮尽可能地喂养和照顾他们母子俩，在此期间，大约就在上个月，他的母亲突然病逝了。"

"哎哟，太可怜了！"哥高泰感叹道。

到了下一站，有人上车时，妇女从哥高泰的前面挪到了旁边。

"正如大哥所知，现在这社会生活成本很高，一个人挣的钱就只能勉强养活自己，我也有我自己的孩子，光是维持我自己的生活就已经很吃力了，而且也只能吃个半饱。"妇女抱怨道。

站在车门口台阶上的两个女孩使劲地挤了上来，妇女随之从哥高泰的旁边又挪到了后面。

"哎哟，这小孩的命真苦啊！"哥高泰一边轻轻地握着小孩瘦瘦的手指，一边心里想着，同时他想起了自己已故的妻子和儿子，心中涌起了一阵悲伤。

"小孩似乎很瘦弱，是啊，没有妈妈的孩子怎么会有充足的奶水呢？看这情况，也不像是会喂他吃奶粉的。"

他满怀同情轻轻地握着孩子瘦弱的小腿。

"如果我的儿子还活着，现在也该有六岁多了，也该上学识字了。"

实际上，他的婚姻来得有些突兀。他为人老实，却缺乏勇气，直到年龄已经超过二十五岁、快到三十岁时，他还没有个像样的女朋友。

父亲不停地催促他："阿高，你该找个老婆了。"有时候也会吓唬他说："你想找老婆的话就赶快找，如果你不找，那看来只能是我找了，只有这样我才能从厨房里解放出来。"

尽管很担心到了三十岁左右还要叫一个和自己年龄相仿的继母"小妈咪"，但是他又没有本事找到。最终是他的父亲在酒馆里偶遇到一位老友，两人正好谈到父亲这边有个儿子，父亲朋友那边有个女儿，于是便以酒杯为证，定下了这门婚事。第二天，父亲就带着他去对方的家里，刚到家门口，父亲就大声喊道：

"阿飘呀！我把你未来的女婿带来了，快让我瞧瞧我的儿媳妇吧！"

那个看似羞怯的女孩，躲在家中久久不愿露面。哥高泰心想，那天他对女孩的羞愧之心，足以置他于死地了。

"大哥，我们父女俩相依为命，因为是酒鬼的女儿，所以被当地人轻视，现在你们父子俩的这种做法，似乎是更加看不起我们了。"女孩泪眼婆娑，却无怒意地说道。

哥高泰羞愧得无言以对。他未曾料到，在酒馆里偶遇到的父亲的朋友，竟有这样一个乖巧懂事的未婚女儿。

"我们都是酒鬼的子女，但如果你想和我结婚，你必须给我一个承诺，我才能同意。"女孩说道。

"什么承诺？"哥高泰问道。

"承诺你永远不喝酒。"女孩回答道。

哥高泰怜爱地凝视着女孩，并点头做出了承诺。他心中暗自感激命运的安排，虽然未能让他与其他女孩结缘，但却为他创造了与这个女孩相遇的宿命。

女孩虽然年轻，但能力出众；长相虽非绝色，但乖巧懂事，和她结婚之后的日子，对哥高泰而言，充满了欢乐。

哥高泰将全部薪水交给爱妻，对她的安排言听计从，他会深爱他们的孩子，心中充满了对未来美满幸福生活的憧憬。父亲也会时常自豪地说："我给你找的媳妇不错吧？"

父亲还会说："我已经给你找了个好媳妇，即便死了，我也可以瞑目了。"然而，死神并未降临到父亲身上，却意外地降临在比父亲年轻许多的爱妻身上。

儿子出生时，他的妻子因血压飙升而撒手人寰。那位曾为他的冷清生活带来了一抹亮色的爱妻，如同过客匆匆离去了。尽管父子俩用奶瓶精心喂养着粉嫩的新生儿，但儿子的生命也如昙花一现，三个月大时，便随母亲而去了。真可怜呀！

"小妹呀！是因为不放心留给我们，你才将他一同带走的吗？"

昔日的痛苦再次涌上心头，哥高泰感到胸口一阵窒息般的疼痛。若非对爱妻承诺过滴酒不沾，他恐怕早已沉溺于酒精之中了。

"有要在掸路下车的人吗？掸路，要在掸路下车的人，请做好准备！"

售票员的喊声将哥高泰的思绪从往昔的回忆中唤回。

"掸路有下车的。"

他一边大声回应着，一边准备起身，这时他才意识到大腿上还静静地坐着个小孩，他抬头寻找刚才那位妇女，却已不见其踪影，于是焦急地四处张望，却依旧没找到。

"把孩子抱走吧，我要下车了。"

哥高泰心中略感惊慌，一边急切地寻找着那位妇女，一边把孩子高高举起，大声呼喊着，全车的人都围着他看。

"刚才那个妇女呢？"

"哪个？"

"就是给我这个孩子的那个呀！"

"是穿粉色衣服的那个吗？"

"唉，不知道是不是。"

他没有留意妇女穿的是什么颜色的衣服。

"她的筒裙是紫色的，是吗？"

"嗯！嗯！或许是吧。"他心乱如麻地回答道。

当他试图仔细回忆时，甚至连那妇女的皮肤是白皙的还是黝黑的，都记不清楚了，只记得她那生硬的语调和闷闷不乐的样子。

"确实有一位穿紫色筒裙的妇女，在上一站从后门下车了。"

"完了！"哥高泰心惊肉跳地看着手里的小孩，小家伙正用小手拍打着他的手表玩耍，同时露出刚刚长出的小牙，对着他笑。

"听说是把孩子留下了。"

"天哪！什么样的母亲啊！"

"真可怜啊！你看！"

"一定就是刚才下车的那个妇女了。"

"我看见她从车上使劲挤下车后，就迅速地离开了。"

"真狠心啊！"

人们你一句我一句地议论着，声音嘈杂不堪。哥高泰的脑海中也是一片混乱，他时而低头看看手里的小孩，时而抬头望望那些正在议论纷纷的面孔，感到自己孤立无援。

他想把孩子交给别人，却发现没有人能像他当初那样真诚地想接过这个孩子。最好是在引起更多注意之前，找个地方悄悄地把孩子放下，然后逃下车去。

"我就把他放在这里了。"他满怀希望地看着售票员说道。

售票员迅速地摇头说："别再声张了，你自己的事你自己解决吧！"

"哎，这不是我的事啊！"他惊慌失措地否认道。

"孩子为何会到他的大腿上了呢？"

"也不知道那个妇女是不是他的熟人？"

"那么，就送到她家里去呀！这样不就行了嘛！"

"哎，一定是因为车挤才暂时帮她抱的。"

人们又开始你一言我一语地议论起来。

"开车了，喂！开车了。"没有耐心的汽车司机叫喊了起来，并开始发动汽车，齿轮排挡声响了起来。

刚才坐在他旁边的那位满身酒气的人，此时带着一丝戏谑的笑容看着他。

"我该怎么办？"他不知所措地问道。

如果可以的话，他真想把手里的小孩悄悄地放到那个人的大腿上然后逃下车去。

"她自己抱着上车来的，是你自己爱管闲事帮她抱的，就当是和你有缘吧，哈哈，什么都别再想了老弟呀！就只有带回你家里了。哈哈哈！"

五

吴甘敏的小诊所十分干净整洁，四周的墙壁粉刷成白色，挂着白色的窗帘，既干净又明亮，令人心旷神怡。

桌上的花瓶里插着两朵初绽的红色玫瑰花，尤为漂亮，令人百看不厌。然而，室内的空气中并非弥漫着浓郁的玫瑰花香，反而充斥着酒精和青霉素的气味。

"有话跟你说，我就来了。"

"说吧，吴巴布瓦。"

"早上的话还没说完就被打断了。"

"是的。"

吴甘敏一边打量着眼前的吴巴布瓦，一边在心里默默告诫自己，要谨慎言辞。自从早上从吴巴布瓦那儿回来之后，他的心情就一直很沉重。

吴甘敏深知，若将病情如实告知癌症患者，他们往往会认为自己的生命即将走到尽头。吴巴布瓦显然已经知晓自己的病情了，他现在会是怎样的心情，吴甘敏能感同身受。最糟糕的是，他身边没有子女，没有任何一个骨肉至亲。

"我的这个病，唉！我已经得了这个病的事，请不要告诉我的子女们，也不要告诉我的亲戚们。"吴巴布瓦恳求道。

这种病情，通常都是瞒着病人，只告诉其直系亲属，以便照顾病人。而现在，只有病人自己知道真相，还来请求医生不要告诉其他人，这完全颠覆了常规。他究竟想要怎样？

"甘敏，你就向我保证这一点吧！"

"为什么呢？"

"因为不想给他们添麻烦。"

"不是这样的，吴巴布瓦！"

"而且，我不想要他们的帮助，也无法忍受他们的同情。"

"你的子女和亲戚，他们是你最亲近的人，他们的关怀和情感，你理应接受。"

"我不再相信任何人了，甘敏！"吴巴布瓦断然说道。

"我临死的时候来吵吵嚷嚷的，我走也走不好，我死了之后再告诉他们说'吴巴布瓦死了'就行了。"

整日整夜，吴巴布瓦都精神恍惚、痛苦不堪，对那不断逼近他的死神感到愤怒。

他心想："死神啊，既然你这么想来，那你就来吧！人固有一死，早死早安宁。"作为一位上层人士，他习惯于用高冷、傲慢的姿态和所有人相处。因此，他决定即使是面对死神，也要保持着高冷和傲慢的姿态。

"你会需要人照顾的，吴巴布瓦。"吴甘敏的声音中带着一丝生硬。当吴巴布瓦完全卧床不起时，他身边确实需要有亲人来照顾。他相信吴巴布瓦也明白这一点。

"这事就全靠你了，甘敏，你给我找一两个好一点的男护士吧！如果报酬给得高的话就能找到好一点的，不是吗？"

面对为自己最后时光做安排的吴巴布瓦，吴甘敏心里充满了悲伤。

"不要过多地去想这些事情，吴巴布瓦！还早着呢！"

"不会太早了，甘敏！是你说的，肺癌是会很快的。哈哈哈！"吴巴布瓦本不想笑，却忍不住笑着站了起来。

"好了，病人还在等着你，告辞了！"

"吴巴布瓦！"吴甘敏叫住他问道："需要安眠药吗？"

"不用，甘敏！我那儿有，但如果不需要的话我就不吃了，我努力试试不吃药入睡。"

现在他们两人都不再需要伪装了，也没有什么可隐瞒的了。因此，两个人都显得格外轻松。

"不让我告诉你的子女和亲戚，你也要给我一个承诺。"吴甘敏一边朝着吴巴布瓦走去，一边说道。同时他向正在打量着自己的吴巴布瓦展露出一个温暖的笑容。

"虽说你不再相信任何人了，但对我，你可得要信任啊！"他激动地抓住吴巴布瓦的双肩，轻声说道。

"就让我成为你的亲人，让我代替你亲兄弟的位置吧！也请让我给予你所需要的帮助，请你给我这个机会吧！"

吴巴布瓦呆呆地看着吴甘敏，不知不觉中，两眼充满了泪水。他默默地垂下眼皮，沉重地点了点头，然后什么也没说。正当他准备起身离开诊所时，吴甘敏又朝着他喊道："明早我们一起散步到大金塔去，好吗？"

吴甘敏问他时，吴巴布瓦似乎很轻松地回答说："当然去啦。"他自在地甩着樱花木拐杖，抬起头，迅速离开了诊所。尽管他想试图假装成一个人们眼里健康快乐的人，但他的现状却是力不从心。吴甘敏心中涌起一股怜悯之情，愣愣地望着他远去的背影。

离开诊所一段距离后，吴巴布瓦放慢了脚步，高抬着的头也微微垂了下来。

"作为一个已经知道自己快要死了的人，当然需要很多帮助了，吴甘敏啊！你的言语、你的关怀令我十分高兴，非常感谢你！"吴巴布瓦在心里默默说道，同时他不停地眨着眼睛，努力控制着不让正在两个眼眶里打转的泪水流下来。

"要去哪里呢？去趟集市会不会好些？"吴巴布瓦犹豫不决。

巴德玛广场那边已经变成了一个小集市，可以买到他喜欢的软米糕、糯米竹筒饭，还有又酥又脆的油炸葫芦和煎饼。

"呵！我买了糕点回家，孙子们兴高采烈地迎接我并大声喊道：'嗨，

爷爷买来了糕点。'呵！这样的生活，这样的生活……"吴巴布瓦还没想完就对自己产生这种想法而感到愤怒。

"这种生活我要它何用？情感如潮水般一波接一波地涌来，将我淹没在感情旋涡里的生活，没用的生活。"

吴巴布瓦又板起了脸，抬起了头。他心里明白，自己的生活已经无所欠缺。黄金、白银、洋房、轿车，他应有尽有，如若需要仆从，他也能即刻拥有。

他带着心满意足的微笑，轻摇手里的拐杖，拍打着路边的小草，看着那些被打断的小草随风飘散，他的内心深处似乎得到了一丝慰藉。

当他走到花园尽头，他犹豫了，是往右拐，还是往左拐呢？

向右拐是巴德玛广场的方向，那里有热闹的集市；向左拐则是沿着巴格雅路，走回家。

最终，吴巴布瓦决定向左拐。回到家中，他可以享受一杯清凉的饮料，沉浸在小说的世界里，可以关注国际新闻，可以观看视频。如果他愿意，还可以诵读经书。

此外，他还可以自由地放飞思绪，无拘无束地遐想。他可以回忆往昔的时光，可以思念已故的妻子，可以想念隔着山海远在异国他乡的子女，可以打开心扉，无限遐想。

他认为，对他而言，最终最好的伴侣莫过于遐想了。

"欢快的歌声，正在飞扬，在缅历一月辞旧迎新之际，人们互相泼水、祝福，头戴紫檀花的美女呀！"

这欢快的旋律从路边的茶馆飘来，回荡在他的耳旁。

"唉！不知不觉就快到泼水节了。"他心里默想，再过两个多月，泼水节将至，那时他的病情会恶化到什么程度呢？他还能假装健康、充满活力多久呢？

夜幕虽已降临，但公交车站依旧人潮涌动。满载乘客的公交车，宛如因嫉妒而生气的老爷爷一样，呼哧呼哧地喘着气，怒气冲天般地驶来。

每当车辆停下来时，尽管车内汗流浃背的乘客会蜂拥而出，但是车里拥挤不堪的状况似乎毫无改变。

"车为什么会这么挤呢？是因为正逢下班高峰吗？其他时间也会像这样挤吗？"吴巴布瓦心里想道。他这一生中，只在孩提时代偶尔乘坐过一两次公交车，那时的公交车还没有像现在这样拥挤不堪。

他心想："如果每天都只能乘坐这种车的话，我肯定难以长寿。"

随后，他又想道："如今，我的生命又能延续多久呢？"他的心中涌起了一股悲伤。

"是啊！不论老幼，不论贫富，这条通往终点的路，终究是每个人都必须踏上的旅程。"他感叹道。

"哎哟，我的天哪！"吴巴布瓦突然惊叫道。

一个人冒冒失失地从大马路上冲过来，直接撞到了吴巴布瓦身上，可怜的吴巴布瓦一个趔趄，差点摔个大马趴，幸而用拐杖撑着才没有摔倒在地。

"哎哟！大伯，谢谢呀！谢谢！哦！对不起，对不起，天哪！叔叔，对不起，对不起！"

撞他的人怀里抱着个小孩，一边手忙脚乱地试图将孩子放在人行道上，一边又似乎想要把小孩挎在自己的腰间，一边惊慌失措地连连道歉。对于这个令人十分讨厌的冒失鬼，吴巴布瓦初看有些眼熟，随后才发现他是住在自己楼上的那个人。

"对不起，大伯，对不起，对不起，我也是因为心烦意乱，没注意到有人。"这家伙再三地道歉。他那张充满着歉意和烦恼的脸，令人既觉得可笑又感到同情。

"好了，不疼。"吴巴布瓦的心一下子软了下来，顺口说道。随即他突然想起哥高泰是老光棍。这个老光棍是从哪里抱来的孩子呢？他疑惑道。

"是从车上捡到了一个孩子，大伯！"

这个人似乎洞悉了他的疑惑，他未曾发问便回答道。尽管吴巴布瓦怀疑他可能是在开玩笑，但他感觉到他的声音似乎带着哭腔。

六

"哟,怎么了?"玛钦拉吃惊地嘟囔道,对所听到的消息感到难以置信。

"是的,妈妈,因为吴高抱了一个小孩回家,所以廷大伯爷爷正在骂他。"

"哪里来的小孩呀?"

"听说是从公交车上抱来的。"

"什么时候的事?"

"听说就是现在,下午从办公室下班回来的时候。"

"别再说了,哥都呀!你说的都不是真的。"

玛钦拉慌慌张张地继续洗她的碗,她心想,哥都带来的消息虽然很特别,但不一定是真的。

"走吧,妈妈,咱们一起去看看。"哥都一边把洗好的碗放到碗架上,一边催促道。

"哥吴和芥芥都已经在那里了。"

玛钦拉把两只湿漉漉的手放在屁股上擦干净,重新系了一下筒裙。"怎么回事?听说老光棍从公交车上抱回来了一个小孩,是怎么了呀?"她边想边把散落下来的头发重新收拢,用梳子盘了起来。

"走吧,妈妈也真是的。"

"来了呀!来了。"

玛钦拉匆匆地从厨房里出来,却在门口和急匆匆进来的哥扬威撞了个满怀。尽管哥扬威的下巴尖不慎撞到了玛钦拉的额头上，十分疼痛，但他无暇顾及用手去摸下巴，就急切地说："那边房间里来了个小孩子。"

"这是真的吗？"玛钦拉半信半疑地问道。

"爸爸，我说的话妈妈不信。"哥都不服气地说道。

由于玛钦拉曾在1988年反政府事件时期深受谣言之苦，如今对任何未经她自己亲眼看见的事情，都持怀疑态度。

"为什么要把小孩抱回来呢？"她追问道。

"这倒是不知道，你自己去问问看吧！"哥扬威回答道。

还没走到那个房间，玛钦拉就先听到了小孩的哭声，满心怀疑的玛钦拉开始有点动摇了，当她看到狭小的房间里挤满了人时，她更加确信了。

哥高泰家的客厅里挤满了人，楼下的杜瑞奴母女俩都来了，还有住在勒班路上的貌都亚母子俩，以及波木、波夸兄妹俩和他们的父亲哥耐温，此外还有哥耐温家隔壁的哥钦貌瑞、哥尼尼温和大学老师杜丁丁埃。

当看到他们一个个惊讶的面孔时，玛钦拉能肯定，尽管她不是最先听到这个消息的人，但这消息确实是个奇闻，也是事实。

穿过这群人，玛钦拉看到貌都亚的妹妹凯瑞瓦抱着一个哭泣的小孩，并正在哄着他。

"可能是想吃奶了。"玛梅菊说道。

"不知道是不是害怕了？"哥钦貌瑞说道。

"如果有奶粉就好了。"

"喂！这么大的话已经会吃米饭了。喂！过来，咱们把米饭嚼碎了喂他。"

"喂！请给一碗米饭吧！"

尽管杜瑞奴喂喂喂地大声喊叫着，但作为主人的吴廷和哥高泰似乎没有听到。父子俩看起来与平时截然不同，完全颠倒了。喝了酒的吴廷没醉，而没有喝酒的哥高泰却一副醉醺醺的样子，对此哥扬威忍不住想笑。

"新年泼水节之际，少女们正欢快地跳着舞蹈。"

波夸和哥都两人，一边一个握着小孩的手，唱着歌哄他。

"弟弟呀！弟弟，看这里，秋麦麦，秋秋，秋麦麦，秋秋，秋麦麦！"

芥芥却在小孩的面前，用她最甜美的表情，边唱边跳地演绎着《秋麦麦》这首儿歌。尽管他们是想哄小孩让他停止哭泣，但他们的举动似乎不像是在安抚他，却更像是在吓唬他，这让哥扬威忍俊不禁。

那个令人心烦的、受惊的小孩，哭泣着往哥高泰那边扑去，但哥高泰正在被责骂，无暇转过头来看他。

"随便一个女人，随便把一个孩子放在你的腿上，你就带回家来了呀！小子，现在这孩子想吃奶了，哭了，要怎么办呢？你能解开你的衣服用你的奶喂他吗？唉！"吴廷怒吼着。

因为囊中羞涩，他们节俭地过着像八哥王①似的那点小享受的日子，现在都被搞得无影无踪了。吴廷看起来非常生气。

"不抱回来的话怎么办呢？父亲呀！放在车上又不行，丢在路边又感到可怜。"哥高泰委屈地辩解道。

"小子，连她们都不感到可怜，你和他非亲非故，为什么要感到可怜呢？"

"因为是人，所以就感到可怜，父亲呀！因为是人，所以就感到可怜。"

哥高泰心烦意乱地大声吼叫道。尽管他给家里带来了一个大麻烦，但是这个麻烦是自动找上门来的。他也想过不把这孩子抱回家，但，是把他扔在路边，还是把他悄悄地放在茶馆里好呢？

然而，当他低头看到小孩嫩嫩的小脸蛋时，他无论如何都狠不下心来。如果这孩子就是他的亲生骨肉，他会有怎样的感受呢？从他自己的生活中离去了的小孩，在来生中如果遭遇到这样的事，他又该怎么办呢？对这个没有亲人、无依无靠的小孩，如果他也选择逃避不管，这个小孩或许会落入恶人

---

① 八哥王是比喻八哥体型很小，它所获得的东西也很少，但是八哥却很满足，感到自己就像是王一样。

之手，或许会成为乞丐，或许会死掉。

他不敢继续往下想了，如果是这样，那无尽的悔恨将伴随他的余生，成为他心中永远的痛。

"米饭来了，米饭，米饭。"

回家拿米饭的哥吴怀抱着米饭盆，气喘吁吁地跑了进来，看着他手里的米饭盆，玛钦拉心里暗暗地嘟哝道："全拿完了。"

哥吴竟将她准备明早用来炒饭吃的、放在橱柜里的那盆米饭全都拿来了。

"拿来，拿来。"

瑞奶奶急切地从哥吴手里接过米饭盆，随即抓了一把塞到自己的嘴里，吧唧吧唧地嚼了起来。

"哎哟！也不知道她的嘴巴干不干净？"

哥扬威心里不免有些不适。

"手都不洗洗，就直接用手抓，剩下的米饭肯定全都会馊掉。"

玛钦拉更加地心烦了。

然而，当小孩从凯瑞瓦手上递交到糯戴雅娜手上时，他看起来似乎高兴多了。当把嚼碎了的米饭送入他嘴巴时，他立刻停止了哭泣，津津有味地咀嚼着，急不可待地吞了下去。

"对了嘛，是饿了。"瑞奶奶兴奋地大声喊道，吧唧吧唧地继续嚼着米饭。白天里头疼的困扰，以及整个晚上脑海中挥之不去的"唉！头如同针刺般地吱吱吱地疼，不知道是不是我的大脑里长了肿瘤了"的忧虑，此刻也消失得无影无踪了。

"今晚就让他住在这里吧，父亲！到了明天早上，父亲想怎么做就怎么做，好吗？"哥高泰在劝说着他的父亲。

"唉！既然与自己有缘，自然就当是捡到了一个儿子喽！首先得到一个儿子，之后再找个当母亲的。"哥耐温拍着哥高泰的肩膀，笑呵呵地说道。然后他转向玛梅菊，似乎是在寻求支持般问道："是不是呀？"

尽管他只是出于善意地随口一说，但玛梅菊却感到了一丝羞涩，她装出不想听的样子。

"虽然衣服破旧，但是小孩的长相却很清秀。"

"等一下，小孩是男是女呀？"

"对呀，是男是女呀？"

"是男孩，是男孩。"

"去把住在西松路的玛温叫来吧！她的奶水很多。"

"六个月大的话，已经可以断奶了。看啊！连牙齿都已经长出来了。"

"哎哟！他头顶上有两个旋儿。"

"看呀！这生命线还很长，这孩子肯定会很有福气的。"

当孩子的哭声渐渐平息后，屋子里的大人们开始忙碌了起来，有的翻看小孩的裤子，有的翻看小孩的头发，有的翻看小孩的手掌，场面一片混乱，嘈杂声此起彼伏。

"唉，刚才小孩的哭声听起来还算能忍受。"靠在墙上呆呆地坐着的吴廷思量道。对于他的儿子哥高泰，对于这个突如其来的孩子，对于这些七嘴八舌的人们，他都感到不满，心中充满了愤怒。

"既然把他捡回来了，那就得给他取名字呀！"

吴廷听到了孩子们的讨论声。

"哎！不是捡来的，听说是吴高伸手要来的。"

"那么就叫他'蓝科'①好吗？"

"哎哟！这是什么名字呀！"

"就叫他仰昂吧！"

"我喜欢仰昂。"

"伦莫吧！"

"觉德吧！"

"叫觉亨吧！"

---

① "蓝科"是缅语音译，意思是伸手要来的。

"就叫哥甘川吧!这是最好的,哥甘川,勇往直前吧!"

"不,我倒是喜欢奈昂。"

"好了,叫岸觉吧!"

"巩帝吧!莫莫巩。"

"那么叫吴晚秋吧!"

"哟,最好就是叫莫斯。"

"是的,莫斯,莫斯,拎箱子的小丑。"

"哎!大家停一下,停一下。"貌都亚大声喊道。尽管他已经是个获得了工业大学学位的工程师,但因其能与孩子们打成一片,而深受大家喜欢。

"你们都想想看,他是因为运气好才遇到吴高的,不是吗?"

貌都亚问的时候,孩子们都纷纷点头,表示赞同。

"那么,我们就叫他'阿福'①吧,怎么样?"

"喂!阿福。"

孩子们兴奋地大声呼唤着。

"这个名字很不错!"

大人们也都纷纷表示赞同。吴廷则一边看着孩子如饥似渴般地吃着米饭,一边发出了今天下午以来的第一次笑声。

"你运气好所以就遇到了阿高,哈哈哈!唉!我的儿子阿高却因为运气不好才遇到你呀!貌阿福!"

---

① "阿福"是缅甸语"甘高"的意译,意思是有福气、运气好。

七

黎明破晓前,街道上车流稀少,行人寥寥。在他们前方,一个卖煮豌豆的小商贩脚步轻快,他拉长了声音,悠扬地叫卖着:

"煮——豌——豆!"

而前往敏莫街叫卖的另一位小商贩,则以急促、坚定且生硬的声调喊着:"煮豌豆。"

听着这两个小商贩截然不同的吆喝声,吴甘敏忍不住笑了起来。

然而,吴巴布瓦的脸上却没有半点笑意。吴甘敏意识到,他那本就严肃的面容,此刻显得更加阴沉了。

"唉!一个已经知道自己身患癌症的人,在听到商贩吆喝声后,怎么可能还笑得出来呢?"吴甘敏充满同情地想。

吴巴布瓦看起来忧心忡忡,眼窝下陷,精神萎靡不振。

"昨晚上睡得好吗?吴巴布瓦!"

"怎么可能睡得着呢?"似乎早已在等待着这个问题的吴巴布瓦抱怨道:"昨晚楼上直到深夜还有人上上下下,声音嘈杂不堪。"

"为什么呀?"

"因为楼上那个莫名其妙的人,就是那个叫作哥高泰的老光棍呀!"

"什么?是因为那个老光棍娶到了老婆吗?"吴甘敏笑呵呵地问道。

吴甘敏对那个老光棍也印象深刻。他总是面带微笑,恭敬有礼,却常常做出一些令人费解的事情。有一次,他得了流行性感冒,就曾来到吴甘敏这里。在进门之前,吴甘敏就听到了他那一连串的咳嗽声(那时,每个患流行性感冒的人都会咳嗽）。不久，那个裹着厚厚外套的人走进了诊所，带着几分拘谨坐在吴甘敏面前的椅子上，面带微笑地问候道：

"叔，您好吗？"

到诊所来的病人向医生热情地打招呼说"您好吗？"这样的情景惹得吴甘敏忍不住笑了起来。

"甘敏，不是娶到了老婆，是要到了小孩子。"吴巴布瓦回答说。

"什么？"吴甘敏很诧异。

"是的，要来了小孩子。"

"哈哈哈，那么是老光棍偷偷干的了。"

吴甘敏一边猜测着一边笑了起来。他试图用这种轻松的、与吴巴布瓦病情和痛苦毫不相干的话题，消除吴巴布瓦心中的愁苦。

"是这样的，这样子的，你不知道。"吴巴布瓦用略显生硬的语气说道。但脸上却不知不觉闪现了一抹笑意。对此，吴甘敏感到很满意。

"听说是在公交车上从一个抱着孩子的妇女那里，把孩子叫过来坐在他的大腿上，那个妇女就把孩子留下给他，偷偷下车跑掉了。"吴巴布瓦继续说道。

"哟嗬！"吴甘敏的嘴巴刺啦一下咧了开来，露出一副惊奇的样子。吴巴布瓦见状也忍不住乐了。

"那么这个人是怎么处理的呢？"

"能怎么处理呢？当然是抱着孩子回家来了。回到家里之后孩子哇哇哇地哭，他那酒鬼父亲在骂他，街坊邻居们也时而上楼，时而下楼，乱哄哄地议论纷纷，唉！我都不想说了。"

看着吴巴布瓦那哭丧着的脸，吴甘敏放声大笑起来。只要看一眼吴巴布瓦的脸，就能清晰地感受到人群的喧嚣和他心中的烦躁程度了。

"现在呢，那孩子怎么处理了呢？"

"不知道啊！昨天晚上倒是在楼上住下了。"

昨天晚上吴巴布瓦睡得非常不好，像往常一样醒来了三四次，每次醒来都细听孩子的哭声。入睡前,他心怀不满地想道:"今晚孩子的哭声一定会让我彻夜难眠。"然而,他却在思绪中渐渐进入了梦乡,连孩子的哭声都未能听到,对此他感到颇为奇怪。

他本打算,一旦听到孩子的哭闹声,就将满腔的怒火气势汹汹地倾泻而出,但不知不觉中这些怒气却悄无声息地全都消散了。越是听不到孩子的哭闹声,他就越想要竖起耳朵来倾听,突然间,他又变得难以入眠了。

平日里,也是一旦醒来他便难以再次入眠,总是双眼呆滞,任由思绪在脑海中四处飘荡。尽管他聚精会神地倾听,孩子却一声未哭,似乎是因为吃了瑞奶奶咀嚼的饭,肚子饱饱的,睡得格外香甜。

"唉!六个月的话,还很小呀!比我二儿子媳妇生的、我那最小的孙子还要小一点。"吴巴布瓦手抚额头,心中感慨道。

"听说孩子的父亲离家出走了,唉!生死未卜,母亲也已经去世了。作为邻居的那个妇女,却巧妙地将他遗弃。这小家伙来到人世间才仅仅六个月,就没有任何一个人想要接纳他吗?在这个世界上就没有他的一席之地吗?这都是因为他的命运吗?都是他命中注定的结果吗?"他陷入了无尽的沉思。

不知是不是因为像往常那样胸口又开始隐隐作痛起来,还是因为疲惫了,吴巴布瓦没有继续深思下去。每当楼上发出一丁点响声时,他就侧耳倾听,却没有听到小不点儿的哭声,只听到讲师夫人杜钦拉[①]把她儿子从床上强行拉起来,为他把尿的声音。

"起来吧,哥都呀!起来,不然你会尿在床上的,流到楼下嘟脸爷头上就糟糕了。"当他隐隐约约地听到这些话时,心中不免有些生气。

"哼!肥婆娘竟敢叫我嘟脸爷,这个婆娘记好了,下次见到的话我一定要回敬她'胖玛钦'。"他在心里自言自语道。

"那个老光棍是想要收养他才带回来的吗?"吴甘敏问道。

"不知道呀!"吴巴布瓦含含糊糊地回答道。听到吴甘敏的问话之

---

① 杜钦拉就是上文中的玛钦拉,这里是指吴巴布瓦对她的称呼,用杜表示对她的尊重。

后，他才意识到，这个答案他也渴望知晓，这个问题整个晚上都萦绕在他的脑海里。

"就算哥高泰有情有义，想要收养这个孩子，可又有谁能来照顾这个小不点儿呢？他从早到晚都要外出工作，而他的父亲，却是那种孩子哭了也不会喂饭，不会喂水，只会倒酒给他喝的人呀！"吴甘敏自问自答，吴巴布瓦也点头附和，表示赞同。

当他们从温莎路（现信梭布路）拐向国道上时，宏伟的大金塔便映入眼帘，清晰可见。吴甘敏中断了谈话，停下了脚步，双手合十，朝着大金塔虔诚地朝拜起来。每次朝拜这座宛如大金山、直冲云霄的大金塔时，吴甘敏都会因生为一个缅甸人而感到自豪，因身为一个佛教徒而感到高兴。作为得道转世的四尊佛祖的圣物和舍利子的埋藏之地，大金塔在建筑学上也无懈可击，这样比例协调、外形极为美观的大金塔，这是除了缅甸之外，任何一个国家都没有的世界奇观。

"看吧！多么和谐、多么雄伟壮观的大金塔啊！"

"是啊！"吴巴布瓦附和道，与吴甘敏并肩站立，眺望着大金塔。

为了让对方满意，吴巴布瓦虽然嘴上表示赞同地说"是啊"，但他的神情并不像吴甘敏那样洋溢着自豪和喜悦。

"我来到这种宗教真正盛行的地方，就会对自己生而为人感到十分满意。"吴甘敏感叹道。

吴巴布瓦凝视着沉浸在对祖国和宗教感到自豪与喜悦中的吴甘敏，心中充满了惊奇。对他自己而言，并没有深刻的感受。他只是认为，出生在缅甸就成了缅甸人，出生在佛教家庭就成为一名佛教徒，仅此而已，没有更多的意义。

此外，在吴巴布瓦看来，缅甸并非是一个能令人感受到生活乐趣的国家，他也不认为缅甸人特别亲密友好，也从未有过缅甸人很优秀、很能干之类的想法。有时他甚至会想："我们缅甸人也真是的，太差劲了！"为此他还感到很不快。仅仅是因为出生和成长在缅甸，才成为一个缅甸人。因此，他从未想过要叮嘱他的子女们要回到自己的祖国，回到自己的家乡。

吴巴布瓦本人对自己的国家和民族，并没有太多自豪感，他曾轻率地考虑过让他的子女们在更肥沃的土地上茁壮成长。

如今，正如他曾设想的那样，他的子女们已经找到了那片水草肥美的地方，甚至连偶尔回家一趟的兴趣都已荡然无存。

"喂！医生！"吴巴布瓦的声音带着一丝生硬，"医生，你真的相信宗教信仰吗？"

"当然相信了！"

"你相信会有来生吗？"

"我相信有。"

"命运，命中注定呢？"

"太相信了！"吴甘敏肯定地回答道。

他们俩站在路边的大紫薇花树下相互凝视着对方。

吴巴布瓦的眼神中露出一丝想要和他争辩的冲动，仿佛在质疑"为什么要相信这些？"而吴甘敏的眼神则充满了想要说服他，并让他理解"在轮回这个大旋涡中，所有生灵都在命中注定的结果中沉浮"。

"我无论如何也不相信命运。"

"我是年龄越大越相信命运。"

"所谓的命运，就是业①呀！"

"是的，所谓的命运就是业，但不仅仅是这一生的业，也包括前世积累的业，这一点倒是不能忘记的。"吴甘敏果断且坚定地说道。

吴巴布瓦无言以对，只好沉默不语，心中却在暗自嘀咕："既然这样相信的话，为什么他的名字还要叫吴甘敏，改叫作'吴甘勇'②好了。"

"尽管命运谁都看不见，却有着很大威力，如果命运是由他创造、由他

---

① "业"是佛教用语"三业"的简称，指身业、口业、意业，即人的一切行为、言语、思想。
② "甘勇"是缅甸语音译，意思是相信命运。

安排、由他掌控的话，那么谁都无法与之抗衡，无法与之较量，对他所做的安排我们只能服从。"吴甘敏继续说道。

"我倒认为也不至于此。"吴巴布瓦微弱地争辩道。

此刻，他想起了那个突如其来的"砰"一下子就降临到他身上的癌症。对于这个自然而然降临的病魔，他无法阻止，也无力治愈。

面对这样被命运安排的病魔，他虽然心中明白，无论用怎样的智慧，无论凭借怎样坚强的意志去抗衡，都难以战胜。尽管如此，他仍然渴望竭尽全力，再与命运一搏。

虽然他们两个人都同时感受到了这一点，却都选择了避而不谈，仿佛同时遗忘了这个话题。

"这么说，难道我注定要因癌症而死了，而且注定临死之前连子女也都不在身边吗？"吴巴布瓦沉痛地想道。

他轻轻地吸了口气，抬头仰望时，看到了头顶上那些繁茂的大紫薇花苞。没有人会去采摘大紫薇花，用它来做装饰、供佛，更不会戴在头上。

然而，年复一年，只要到盛开的季节，这花就如期绽放，繁盛无比。用无数的花苞和花朵为它的母亲（这棵大紫薇花树）梳妆打扮。季节一过，这些花也总是悄无声息地消失了。

"当大紫薇花的花期结束时，我的生命也即将走到尽头了吗？又或者是，我已经死掉了。"吴巴布瓦心中充满了恐惧。

别说真的面对死亡了，就连想都不敢想，内心不禁泛起了一阵波澜。

"如同大紫薇花悄然消失那样，我是不是也要从这人世间消失掉了？不再有人关心我、铭记我、怀念我了吧！"

吴巴布瓦越想越感到伤心。突然想到在自己的葬礼上可能没有人会伤心痛哭，他的内心充满了痛苦。

八

"好了，要怎么办呢？"

吴廷问他的儿子哥高泰。哥高泰无言以答，目光呆滞地注视着那个正津津有味地舔食着芥芥带来的手指饼干的小孩。他们心中充满疑惑：他们要做什么呢？要怎么做呢？

"要怎么办呢？"哥高泰转向他旁边的玛钦拉，满怀希望地问道。原本正兴趣盎然地想要倾听哥高泰将会如何作答的玛钦拉，却被这突如其来的问题吓了一跳。

"是啊！要怎么办呢？"这个问题她原本以为只是哥高泰的私人困扰，但当哥高泰向她求助时，她突然感到这与自己也有了联系，心跳加速，于是她语无伦次地向坐在她前面的杜瑞奴求助。

杜瑞奴同样无言以对，她紧张地"咳咳咳"地清了清嗓子，装出一副不需要做出任何决定的样子。她四处张望，吞咽着口水，轻轻地吸着气，却始终没有发出声音。

"看来最好还是送到收容所去了，你们觉得呢？"因为没有人回答，吴廷只好自己打破僵局。

"这样太可怜了。"杜瑞奴支支吾吾地说道。她心里原本期待吴廷父子俩会说："可怜的孩子呀！我们就收养了吧！"她希望他们能这样说。然而，当她没有听到她期待的话语时，她感到很失望。

"是啊！好可怜啊！"玛钦拉也随声附和道。虽然她自己无法负责收养，但是却希望有人能承担起这个责任。

"是啊！这孩子确实真的很可怜。"

似乎大家都在可怜这个小孩，唯独他显得冷漠无情似的，这让吴廷感到有点不满。他也是个善良的人，当然也可怜这个小孩。夜晚，他自己也难以入睡，望着吮吸着自己的小手，蜷缩着身体入睡的小孩，他的心中也感到无比沉重。

此刻，吴廷心中也充满了对已故小孙子的思念。他也曾想过就算自己无力承担起收养的责任，但要是有人能出于怜悯承担起收养这个孩子的责任，那该有多好啊！

"可怜倒是很可怜，我也是会可怜他的，但是……"吴廷话没说完便叹了一口气。

大家现在才深刻地意识到，同情是最容易的事情，而承担责任却是极其困难的。

"孩子还这么小，需要我们一把屎一把尿地把他抚养长大，还得为他准备衣物，送他上学。送他上学的话，还需要学费，这期间万一生病还需要医药费……唉！我的儿呀！我觉得不容易啊！不容易！"吴廷继续说道。

哥高泰在心里默默地想道："这么说，是不是就只能把这个小孩送到收容所了呀？"想到这里不禁看了看小孩。小孩坐在瑞奶奶大腿上，露出两颗下牙，甜甜地笑着，小手正伸出去，似拉非拉地拉着坐在他前面、嘴里喊着"阿福呀！""弟弟呀！"的哥都的头发。

"唉！难道他是我那已故的儿子转世投胎来的吗？如果我儿的来世也遭遇到这样的境遇……"哥高泰不敢再往下想，就此打住了。

"昨天孩子们都还在说，他是因为运气好才遇到了我，却不知道我是个要把他送进孤儿院的家伙。"哥高泰心中充满了痛苦。

这时，由于波木和波夸的到来，孩子群力量增强，他们又开始喧闹了起来。

听着一声声"阿福呀！""阿福呀！"的呼喊声，哥高泰感到很羞愧。对于一个没有人愿意承担抚养责任，即将被送往孤儿院的孩子，能说是运气好吗？该说吗？他不禁自问道。

"我已经年过六旬了，连自己和儿子的一日三餐都已力不从心了，又怎么可能还要全天候抱着、背着、照顾小孩呢？"吴廷说道。

"当然是了，大伯呀！"哥扬威一边同情地看着正在辩解的吴廷，一边点头表示支持。

每个人都清楚，在他们父子俩那时而炒鸭蛋，时而烤鱼干，随便凑合着过的生活中，突然间硬生生地要照顾一个六个月大的婴儿，无疑是极其困难的。

大家都同情起吴廷来，如若不能欣然接受这孩子，他就会像背负着罪名的人一样，内心备受煎熬。

"照看孩子，我们倒是都能帮着照看的，大伯！"端着米汤碗进来的玛梅菊说道。为了喂阿福，她在米汤里放了少量的奶粉和一勺糖，搅拌均匀后端了过来。

她一厢情愿地想道："哥高泰父子俩会收养这个小孩，她们也要一起帮着照看。"

"是啊！廷大爷也真是的，我们当然也会帮着照看了。"一直保持沉默的芥芥也兴奋地插嘴说道。

"阿福还这么小，不要送到孤儿院去，高叔！到了那里，有谁会真心关心他呢？"

"那里有工作人员的呀！"

"哎，高叔也真是的，工作人员就只是工作人员而已，他们又不是芥芥，又不是哥吴，此外，也不是梅姨她们，更不是高叔你们呀！"

尽管芥芥无法把话表达清楚，但大家全都明白她的意思是，工作人员是不可能像他们大家一样关心爱护这小孩的。

"这么说，阿福要是想拉屎的话，你会把他拉屎吗？"当吴廷问的时候，芥芥快速地点头回答道：

"当然会了，廷大伯爷爷！"

"哎哟！芥芥呀！你会把屎吗？"

"会的，大伯也真是的，就算我不会，不是还有妈妈嘛！嘻嘻！"芥芥伸了伸舌头笑着答道。

"还有，你会给他喂饭吗？"

"嘻嘻！有妈妈在呀！"

"那他想睡觉呢？你会哄他入睡吗？"

"妈妈会哄的呀！"

"芥芥，要是他生病了呢？"

"这也有妈妈的呀！是吧？妈妈！"

"你这小滑头。"原本情绪低落的众人看着芥芥，脸上渐渐露出了笑容。玛钦拉正斜眼盯着芥芥责备她时，也忍不住扑哧一声笑了起来。

"是吧？妈妈，我们一起照看阿福吧？"

"一整天谁能照看得了，女儿呀！别闹了！"

作为三个小孩的母亲，玛钦拉最清楚照顾一个小孩有多辛苦了。如果小孩健康还好，如果运气不好这个小孩像芥芥小时候那样体弱多病的话……玛钦拉摇着头，不敢继续往下想，芥芥小时候所遭受过的身心之苦，她不愿再回想，太累了！

"妈妈也真是的，小孩是不需要长时间照看的，以后就会长大了呀！"哥都不屑地插话道。

"我们现在也放假了，我们也会帮着照看的，好吗？妈妈！"平时不喜欢多嘴的大儿子哥吴也怯生生地插话道。

"妈妈不是也说过还想给我生个小弟弟的嘛！"芥芥又说道。

玛钦拉看着围着她、磨烦她的三个孩子，瞪大了眼睛，用一种似乎是在求助的表情，看着作为一家之主的丈夫哥扬威："你说说孩子们呀！"

但哥扬威却无暇顾及她，没工夫看她，因为他正低头看着满怀希望地抓着他手臂的波夸他们，听着他们恳求："我们也会帮着照看的，叔叔！就把阿福留下来吧！"

因此，玛钦拉惊恐地想："哥高泰带回来的麻烦，难道全都要落到我头上来了吗？"

"我们当然也能帮忙照看孩子的，是吧？妈妈！"玛梅菊再次强调道。

她一边看着母亲怀里的小孩，一边心想："如果我也结婚生小孩的话，可能也会有像这样的一个小男孩的。"

她内心深处的母性被唤醒，渴望着爱抚和照顾这个小生命。

"如果大家一起轮流照看，孩子就会在不知不觉中长大！"杜瑞奴也含糊其词地说道。她的意思是如果某人能承担起收养的责任，那么她也愿意帮忙照看。

"照看孩子不是嘴上说说那么简单，而是需要真正的行动。"

吴廷严肃的话语，让在场的每个人都面面相觑，脸上露出迷茫和犹豫的神色。

"我们在上午，去上学之前。"

"是的，我们上午可以帮着照看。"

孩子们的声音率先响起。

"那我就在吃完饭后吧！"吴廷犹豫地说道。他心里盘算着，早上吃完饭后孩子会午睡，琐事不会太多，中午负责照看孩子的话，早上还可以做做饭。此外，下午还可以悠闲地去酒馆坐坐。

"我们母女俩就负责下午照看，是吧？妈妈！"玛梅菊心想，下午的话可以给孩子洗澡，搽黄香楝粉，喂饭。然后，当她抱着孩子外出时，如果遇到正好下班回来的哥高泰，他会兴奋地喊着"阿福呀！""孩子呀！"并会从她手里接过孩子。

玛梅菊突然害羞得无地自容，不敢继续往下想。

"我心里想的，没有人能听得到呀！"她安慰着自己，并悄悄地松了口气。

"晚上我可以哄他睡觉，有事需要起来的话，我也能起来。"

当哥高泰承担起晚上的责任时，孩子们"嘿"的一声，兴奋得欢呼起来。芥芥捏着阿福的双颊，兴高采烈地喊道："阿福呀！你哪里都不用去了。"

尽管芥芥很高兴，但双颊被捏疼了的阿福却不高兴了，反而被吓得"哇"的一声大哭了起来，对此孩子们乐得再次哈哈大笑起来。

原本冷清的房间霎时变得热闹起来，波夸和哥都手牵着手转着圈跳了起来，房间里更加地喧闹了，哥都不慎踩到了波木的脚，波木随即大声叫喊起来。

"停下来！停下来！哥都，坐下来！"哥扬威提高嗓门喊道。

"停下来！不要太高兴了！我们还有好多需要考虑的事，不要太吵了，请安静一会。"

孩子们逐渐安静下来后，哥扬威才表情异常严肃地继续说道：

"对于小孩，仅仅是照看他还不行，正如哥都所说，如果大家一起帮忙照看，不久之后小孩就会长大，但实际的问题是钱，是的，是钱，除了他的衣食住行之外，还有医药费和教育费，这些所需要的花费，这些钱谁来出呢？"

"嗯！"

杜瑞奴望向她的女儿玛梅菊，玛梅菊望向玛钦拉，玛钦拉望向吴廷，吴廷望向哥高泰，哥高泰则满面愁容地凝视着哥扬威，并"呵呵"地苦笑了起来，这个问题正是他一直在考虑的问题。

"一旦收养了这个小孩，他的责任就将由我们来承担。供他吃，供他穿，生病的话要给他治疗，此外，还要让他接受教育。"

他们所有人都急切地在心里计算着，一个孩子从出生到长大，直到获得学位，成为一位有知识的人，所需要的全部费用。

好了，即便不让他读到获得学位，只读到十年级毕业，那花费也不少。

"如果我的儿子没有死去，我会尽力抚养他，我会让他接受完教育，上完所有的年级，我甚至不会去考虑将要花费多少钱。我会省吃俭用地把他培

养成为医生或是工程师。"哥高泰想道。他突然意识到因为阿福不是他的亲生骨肉,所以他倾向于往困难的、不可能的方面去想,去做决定。

"如果是我的儿子,我肯定会全力以赴。"哥高泰继续想道,并深吸了一口气。他感觉仿佛空气中蕴含着勇气,让他敢于面对即将发生的一切困难。

"像这样节……俭……地……"哥高泰结结巴巴地说道。尽管他心情沉重地想"他每月的开销究竟要消减多少呢?"但因为"我的儿子仿佛又回到我身边来了"的这种想法,充斥着他的整个脑海,似乎又让他感到一丝欣慰。

"少量的话,我们也能……"

玛钦拉望着哥扬威,她的眼神仿佛在询问"我们能尽多少力呢?"哥扬威咽了咽口水,因为他清楚,自己每个月的工资并无一分一厘的剩余。

对于他们家而言,虽然可以挤出点食物来喂养小孩,但是要想每个月都从工资里挤出点钱来却是不容易的。可怜的玛钦拉一直说想要每个月给她的老母亲一百元的补助,但是直到现在也还未能实现。下个月再给,下个月再给,就这样月复一月地往后推迟着。

此外,他又想起了芥芥小时候花费过的医药费。如果阿福也像那样体弱多病,这些医药费谁能按时且心甘情愿地给呢?谁又会想给呢?

"这不是问题。"

突然,大家听到了一声虽然不是很大但却很坚定的声音。这是他们所有人都完全没有预料到的一个人的声音。

"这不是问题。"站在门口的吴巴布瓦再次说道。他的表情一如往常,十分严肃。

"那么,什么……什么是问题呢?"哥高泰困惑地反问道。突然看到从来都未曾上过楼的吴巴布瓦出现在他家门口,他惊呆了。因此,他完全忘了邀请吴巴布瓦到家里坐。

"这孩子一个月要花多少?一年要花多少?"吴巴布瓦问道。没有人回答他，因为大家都在想"这人跟这事毫无关系，他来做什么呀？"

"他长大后上大学又将需要多少费用呢？"吴巴布瓦继续问道，他的目光似乎正在从上往下打量着正吃惊地望着他的人们。

"这个嘛，具体是多少？谁能知道呢？"杜瑞奴低声呢喃道，那话语似乎是在回应吴巴布瓦，又仿佛是在对自己说。她那厚厚的下嘴唇，微微向外翻。

吴廷本就对傲气十足地站在门口、毫无进屋之意的吴巴布瓦心存不满，此刻更加厌恶了。

"知道花多少钱，你就会给吗？吴巴布瓦！"吴廷在心里不满地嘀咕道。玛钦拉的眼神却似乎在说："别再对这事指手画脚了，嘟脸爷！"

"我这儿，钱，嗯！有很多。"吴巴布瓦以他一贯的风格，炫耀地说道。

"是的，知道的。"哥高泰恭敬回应道。

玛钦拉分辨不出哥高泰是真的恭敬还是在讽刺？

"真正重要的不是钱。"吴巴布瓦说道。

"是的。嗯！不是。"哥高泰又语无伦次地说道。然而却无一人发笑。

"真正重要的是感情，嗯！是的，感情，是的，感情是最重要的。"

玛钦拉觉得吴巴布瓦的这句话不是对他们说的，而是在对他自己说的。

"你们已经有感情了。"吴巴布瓦继续说道。

"是的，但是却没有钱。"哥扬威插话道。吴巴布瓦望向哥扬威，微微一笑。

"钱嘛，我这儿有。"

吴巴布瓦的目光从哥扬威身上转移到了那个小孩身上，小孩正在啃着手指状饼干，睁着圆圆的大眼睛望着他。在吴巴布瓦的脸上，他们捕捉到了一抹从未见过的温柔。

"所需的钱，我能给。嗯！会给的。"

听到吴巴布瓦的话时，杜瑞奴那用十二月牌眉笔画得又黑又明显的两道

眉毛猛地往上一挑，她吃惊得张大了嘴巴，几乎不敢相信自己的耳朵。

当听到"这么说我们就能安安稳稳地把孩子抚养长大了"这句话时，哥扬威的胸口猛地一震，并兴高采烈地说：

"真的吗？这说的是真的吗？叔叔，真的给吗？"尽管心里反复追问，但实际上他却未敢说出口。

吴巴布瓦将视线又从孩子身上转移回到哥扬威身上，直视着哥扬威那双充满惊讶和感激的眼睛。

"我们一定可以的，不是吗？"吴巴布瓦又说道。随后他坚定地点了一下头，然后又猛地抬起了头。刚才依稀可见的那一抹温柔的微笑又消失了，他的面容又恢复了往日的严肃。

"好了，就这样了。"吴巴布瓦没有向任何人告别便转身离去了。他刚一转身，哥高泰才想起应该邀请他进屋，却因太过吃惊而如同被堵住了嘴，什么话都说不出来。

听着吴巴布瓦的脚步声在楼梯上一级一级地渐渐远去，每一步都显得有些沉重，大家都陷入沉默。

虽然大家都沉默不语，但内心却波澜起伏，一种难以名状的感受扑面而来，泪水在眼眶里打转。

九

  吴巴布瓦对自己的决定也感到很惊讶,他自己也确实不明白为何会想要承担起这份责任。
  "嗯!如果用吴甘敏的话来说,那就是这小孩的命数吧!"
  今天早晨散步归来,他感到非常疲惫。
  "累吗?吴巴布瓦!"吴甘敏关切地望着他,问道。他紧闭双唇,摇头示意说不累,心里却想道:"唉!来了,来了,痛苦慢慢地逼近了。"他害怕得微微颤抖起来,但却又担心吴甘敏察觉到他在发抖。
  当他回到家时,已经是清晨七点左右了,他那寂静的小屋,一如既往地冷若冰霜地迎接着他。他疲惫地坐在客厅的椅子上,目光呆滞地凝视着桌上玻璃板下子女们的照片。
  他一边猜想着此刻他们会在做什么,一边感到一阵眩晕。
  无论他们正在做什么,他们肯定想不到他们的父亲正在思念他们,他们也不会认为他们的父亲吴巴布瓦会有所爱,有所思念。
  大女儿的一封信里写道:"女儿也很想念缅甸,但因工作繁忙无法长时间沉浸在思念中。父亲,您还不想来我们这里玩吗?今年夏天若有空就来吧!父亲!女儿非常想念您。"他明白大女儿的言外之意是父亲不会想念他们。
  大女儿似乎仍然坚信,他们的父亲不会真心地爱他们。
  "唉!其实也该怪我。"
  吴巴布瓦沉浸在自责之中。他是一个对待子女显得很傲慢的人,但当他

读到女儿的信时,他的内心被悲伤所充盈。

于是,他立刻提笔回信道:"你以为我不爱你们、不想你们吗?你以为我无论走到哪里都会与所遇到的女人们偷欢吗?你错了。现在,我真的只是一个人生活。闲暇时,我只是静静地坐着,一边思念着你们,一边回忆着我们的过往。你知道吗?我是多么渴望能与我的子女们、孙子们一起,享受那份热闹和快乐的生活,你们能相信吗?"

然而,那封晚上写好的信,第二天早上他重读时,却总是被他撕成碎片。因为他似乎又听到了过去自己那愤怒的咆哮声:"要我坐着大声喊'我爱你们,我爱你们'吗?要我讲着故事哄你们入睡吗?"

他害怕大女儿读完信后,会苦笑着想:"老头子现在才后悔了呀!"

与其像这样被嘲笑,不如让他们继续认为他独自一人快乐地生活着,既不爱也不思念他的子女们。

吴巴布瓦凝视着大女儿的照片,叹了口气。正因为大女儿可能会有这样的误解,所以她也没想过偶尔回来看看。

"你们把缅甸忘记了吗?我的孙子们呢,还会说缅甸语吗?"当他这样问时,大女儿回信说:"没有忘记缅甸,父亲!自己父亲独自一人生活的国家,我们怎么会忘记呢!"

他注意到大女儿并没有写"我是缅甸人啊!怎么会把缅甸忘记掉呢?"

他回想起大女儿在信里提到的:"你的孙子们几乎不会说缅甸语了,父亲!我们在家里倒是说缅甸语的,但孩子们听不习惯,有一天二儿子看着一个香蕉[①]说这个banana个子最高,我们都笑了起来。"

"一个缅甸人不会说缅甸语,这值得笑吗?这是笑话吗?"他想着想着胸口隐隐作痛,接着咳嗽起来。起初只是喉咙痒,他以为会像往常一样咳几声就好了,但连续不断地咳了将近一分钟,他有些惊慌了。咳嗽停止后,他仍在喘息。

"口好渴啊!"

[①] 原文用的是缅甸语词汇"香蕉"。

他低声埋怨道。然而，因为过于疲惫，他并没有起身走向饭厅里的冰箱，而是倔强地依旧坐着。

"我想是今天早上走路走得太多了。"他边想边咳嗽起来。

他的目光落在桌子上昨晚留下的茶水杯上，因杯中还剩大约一半的茶水，于是他轻而易举地拿起杯子，仰头喝了一口。

二儿子在信中问道："父亲，你们国家的政治气候好吗？"

疲惫感稍微得到了缓解之后，他又继续想道。从他所说的"你们国家"来看，似乎暗示着缅甸已不再是他的国家了。

"唉！将要娶那个国家的女子，居住在那个国家，成为那个国家孩子父亲的人，当然会这样问了。"

他又喝了一口冰冷的茶水，感受着水流沿着脖子滑下，这冰冷的液体宛如他如今冰冷乏味的生活。

"好久没收到小儿子的来信了。"他内心感到一丝失落。

他的小儿子最像他的母亲，因此也是最帅的，同他母亲一样拥有一双宛如湖水般深邃的眼睛。他不爱笑，对家庭没有太多的感情和依恋，习惯独自生活。

小儿子不仅给父亲写信少，就连姐姐和哥哥那里也很少写。若写，也不会用华丽的辞藻来描述，而是习惯言简意赅，直截了当地表达要点。从来不关心他人的情况，对自己的情况也避而不谈。吴巴布瓦只能通过猜测来了解小儿子的饮食起居和社会交往等情况。

小儿子的信中常常只是简短地写道："一切顺利，父亲！"

"父亲呢，身体好吗？血压还高吗？前不久体检发现什么病了吗？"这样的问题，他从未问过。

吴巴布瓦沮丧地想道："难道你们真的以为，我的健康、我的生死，对于你们而言，真的就毫无意义吗？"

吴巴布瓦慵懒地伸展四肢，静坐片刻后，才从座位上站起身来。他原本打算先喝一杯冰水，随后洗个澡，再冲泡一杯营养丰富的桂加欧饮品，然后

小憩片刻。

然而，从他家门前走过的波木和波夸兄妹俩的对话打乱了他的计划，他既没有喝到那杯渴望的冰水，也没能享受到沐浴的清凉。

"小阿福太可怜了！"波夸说。

"爸爸说，可能只能把他送到孤儿院去了。"

"为什么不收养他呢？"

"说是收养一个孩子并不容易。"

"为什么呢？"

"哎哟！夸大哥呀！当然是要花钱的了。"

"如果我有钱，我会收养阿福的，知道吗？我说的是真的。"

"嗯！但是你又没有钱呀！"

"请天神保佑吧！请保佑我拥有很多的钱。"波夸祈祷道，而波木却在轻笑。

"如果等到你有很多钱的话，小阿福肯定已经老死掉了。"

"这样的话，就请天神保佑，让一位富翁来收养阿福吧！"

波夸修改了他的祈祷词后，又重新祈祷道。

"把'希望这位富翁心地也能好'这句也加进去祈祷呀！"波木补充道。

听着他们兄妹俩一边说说笑笑，一边快速踩着楼梯上楼而去的脚步声，吴巴布瓦愣住了。

"说是某一位富翁。"

波夸嘟囔过的话，他又在心里默默地念了一遍，随后开始在心里计算他所拥有的财产和金钱。庭院、楼房、（钻石、金银珠宝倒是不太多，因为他把妻子的所有首饰都给大女儿了）每个月存入银行的房租费（房租是外币）……

这些钱怎么用都肯定是用不完的，因为他对给佛塔贴金、修葺砖墙以及建造寺庙、经殿、凉亭等善事并不感兴趣，因此也未曾慷慨布施过。每个月，他都有大笔的余钱，而他对这些财富早已失去了兴趣，甚至已有好长时间没管理过了。

"我有很多余钱。"他想道。

"是的，我确实有很多多余的钱财！"他暂时忘记了胸口的隐痛，忘记了咳嗽后的疲惫。

"我有很多多余的钱财，而那小孩却急需少量资金。"他沉思着。（对于吴巴布瓦的财力而言，阿福所需要的钱，不过只是九牛一毛而已。）

"我即将离开这个世界了，而这些钱财也将被留下来，一分一厘也带不走。"

本打算前往饭厅的吴巴布瓦，脚步却不由自主地走向了屋外。随后在他自己还未意识到时，他已顺着楼梯上楼来了。

在哥高泰的屋子里，人们已经聚集一堂。哥扬威正对孩子们喊道："等一下！不要太高兴了！我们还有需要考虑的事。"

吴巴布瓦没有进屋，而是站在门后。他从不打听别人的事，也从未想过要知道别人的事，像现在这样上楼来到别人的家门口，他对自己的这一举动也感到很惊讶。

"真正的问题是钱，是的，是钱。除了衣食住行之外，还有医疗和教育，这些所需花费的钱，这些钱谁来出？"

"我重新下楼去可好？"正当他考虑是否要下楼时，就听到了哥扬威的话，他不禁在门外点头表示赞同。正如哥扬威所言，这一切所需的资金，他们该如何去挣？他们该如何解决呢？他想知道答案。

"就像这样节……俭……地……"

吴巴布瓦最先听到了老光棍哥高泰的声音，接着是杜瑞奴结结巴巴的声音"少量的话，我们也能……"，而从讲师夫人杜钦拉那儿，却什么声音都没发出来。

"钱！"吴巴布瓦沉思着。

在一个人的人生、一个人的命运中，钱对于生存、兴旺发达是何等重

要？钱真的应该占据如此重要的位置吗？

对于那些失去双亲、无依无靠、尚不懂事的小孩,尤其是对于这个只有六个月大的小生命的茁壮成长,金钱真的应该成为主要的问题吗?

"这不是问题。"吴巴布瓦直立在门口,自问自答道。

"这不是问题,最重要的是要给予这孩子情感,还有同情心和爱心。"吴巴布瓦目不转睛地望着孩子,心里沉思道。

正睁大圆眼睛凝视着他的孩子的脸庞,如同多年前他所见过的自己孩子们的稚嫩的小脸蛋。

像这样纯真无邪的脸庞,除了在孩子们身上,他在其他任何人身上都未曾见到过。

"我相信我们应该能做到,让这孩子健康幸福地成长。"

吴巴布瓦说着说着,内心激动起来,不知道是悲伤还是喜悦,是心碎还是欣慰。他那颗坚硬如磐石的心,感到了前所未有的沉重。

"上楼来是对的。"吴巴布瓦一边下楼,一边沉思着。他是个对自己和他人总是很苛刻的人,但这一次,他却意外地对自己的举动感到满意。

看到他时,人们惊讶不已;听到他说话时,人们满怀感激。看到人们不加掩饰、不加伪装的真实面孔,吴巴布瓦感到心满意足。

"实际上,那傻乎乎的哥高泰父子确实比较贫困;楼下的母女俩虽然不贫困,但却显得很吝啬;讲师一家因孩子众多而忙得不可开交,显然也不富裕。但他们所有人都决定,努力轮流喂养照看这个小生命,这值得赞扬。"吴巴布瓦第一次对他的邻居们有了好感。

"他们真心地照顾孩子,用心疼爱他,用情呵护他,所需的金钱由我来承担。"吴巴布瓦继续想道。

回到房间,吴巴布瓦这才意识到自己已经口渴许久了,于是他径直走进饭厅,从冰箱里拿出满满一杯冰水,一饮而尽。

那冰冷的水流经过他的喉咙,一直凉透到他的胃中,如同滑滑梯一般畅快。

"所需的金钱由我来提供，是的，除了金钱，我也没有什么可给的了。"

吴巴布瓦深知自己的心被自我和自尊所硬化，缺乏情感、爱心与同情心。

"你这里没有任何的爱可以给予他人，这种所谓的爱，你这辈子也未从他人那里得到过，哈哈……哈哈！"

吴巴布瓦自嘲地笑着，目光投向墙上的镜子。一张显露着岁月痕迹和痛苦的脸，从镜中回望着他。这是一张写满自私、自负，曾有过极其粗俗念头的脸。这张脸正是他自己的，一个名叫吴巴布瓦的人的。

"吴巴布瓦就是他！"吴巴布瓦如同凝视一个陌生人般对着镜中的影子出神。

"我不就是吴巴布瓦吗？"吴巴布瓦反问自己道。

尽管依照佛教教义来讲，无私、无我，万物皆"空"，但按照人世间的称呼原则规定，吴巴布瓦不就是我吗？这个由五蕴①构成的躯体正是被称为吴巴布瓦的嘛，不是吗？

不知不觉中，镜中的脸变得比平时更加消瘦、苍白，因日益加重的病痛而布满焦虑和恐惧，头发稀疏、两鬓斑白。他第一次清晰地意识到这张脸并非他真正拥有的面孔。

"不，我不是他。他就快要步入死亡的深渊，就快要化为灰烬了。天哪！这些真的要成为现实了吗？"吴巴布瓦感到一丝恐惧。

镜中的吴巴布瓦，面容显得格外瘦弱而憔悴。

"我抛弃了自认为属于自我的躯体，前几世和现世所行的业。是的，依照这些业，生活就在这轮回中往复，继续前行。"

吴巴布瓦此生第一次窥见生命轮回的漫长旅程。

"来生还要塑造另一个用来依附的身躯，如果是人，那就是人的身躯，

---

① 五蕴是佛教用语，指构成人体及其身心现象的色蕴、受蕴、想蕴、行蕴、识蕴五大要素。

如果是狗，那就是狗的身躯。天哪！还要在这些轮回中，经历不同的生生世世吗？还要形成再生的内在心理根源吗？"

吴巴布瓦的精力似乎被对来生的深刻思考耗尽，他累得喘息不已。尽管出于传统而成为佛教徒，但吴巴布瓦并不像吴甘敏那样对宗教充满了虔诚的信仰。

他既不愿相信来生，也不期望有轮回。然而，不知从何时起，他开始相信了这一切。这让他自己感到很惊讶，自己内心深处竟然已对轮回和来生深信不疑。

"唉！来生，或许存在，或许不存在，无所谓！'我'或许是我，或许不是，无所谓！'我'，唉！就算是我吧！我就是要吸烟。"

吴巴布瓦愣了许久，打断了自己的思绪，拿起了放在饭桌上的烟盒，点燃了一支烟，开始很享受地吞云吐雾。

"吴甘敏劝我戒烟，哈哈……不吸烟就不会死了吗？吸烟就会立刻致命吗？"吴巴布瓦深深地吸了一口烟，让烟雾在肺中流转，同时心中嘲讽般地沉思道。

"幸运的小家伙，等他长大后，人们会对他说：资助你金钱的吴巴布瓦，因吸烟过量而死于肺癌。哈哈！"

他注视着袅袅上升的烟雾，露出满意的微笑。但当他再深吸了一口烟时，胸口隐隐作痛，又咳嗽起来。随即又突然间感到恶心想吐。吴巴布瓦将喉咙里的痰咳出来，吐在洗手瓷盆中，他惊恐地发现痰中带有血丝。

十

外面的房间笑声一片，孩子们正沉浸在猜人游戏中。

"哥吴！"

"不是，错了。"

"那么是波夸吗？"

"不是，是阿福，哈哈哈……"

孩子们又哈哈哈地笑了起来。听到阿福咯咯咯的笑声，吴廷一边滤米汤，一边微笑着。

"爸爸，不要把米汤倒掉，留着给阿福喝。"

"好的。"

"瑞奶奶说在米汤中放入点奶粉和白糖喂孩子，孩子会长得很健壮。"

"嗯！但是，你最好对瑞奶奶这么说：'这些米汤还是瑞奶奶先喝吧！'"

"爸爸，这是为什么呢？"

"孩子虽然瘦，但也没有瑞奶奶那么瘦啊！"

哥高泰想到瑞奶奶那又瘦又细的身体时，仿佛她就在眼前一般，不由得笑了起来。但她或许也有胖过的时候。现在，她的身材虽然像杨枝鱼①一样纤细，但或许曾经她的身材也曾像女儿玛梅菊一样，宛如黑鱼②般丰满圆

---

① 缅甸人习惯用杨枝鱼来比喻身材细长的人。
② 缅甸人习惯用黑鱼来比喻女性丰满匀称的身材。

润。

"爸爸，那这样的话，不知道玛梅菊老了以后会不会像她的妈妈那样，身材纤细得像杨枝鱼一样？"

哥高泰一边熟练地将从碗橱里取出来的熟肉切成薄片，一边说道。将豇豆和肉混合炒着吃，哥高泰父子俩吃饭都会感到很可口。

"不可能，她的身材注定是黑鱼般那样。"

"爸爸也真是的，不是说想要娶女儿前要先看看母亲嘛！但是现在她的母亲……"

哥高泰没能说完就停住了，因为吴廷突然站起身，哈哈大笑起来。

"嗨！我的儿呀！你在看她的母亲，哈哈哈！是因为你有意想要娶她，是吗？"

"哎呀！爸爸也真是的。"

哥高泰羞涩起来，不知如何回应，不知所措地呆望着正在哈哈大笑的父亲。

"想要娶女儿的话，就单刀直入地只看女儿就行了，将她妈妈先搁在一边。"

"为什么呢？爸爸！"哥高泰羞涩地问道。

"唉！如果你先在意她妈妈那如同杨枝鱼一般纤细的身材，那你的那什么，你们常说的那什么来着？啊！啊！感觉呀！感觉就会降低的，不是吗？"

"爸爸也真是的，又来了。"

这一次，哥高泰父子俩都纵情大笑起来。

哥高泰父子俩已经有很久没有像现在这样开心，这样纵情大笑了。自从哥高泰的儿子去世后，他们家搬到这乌枇路以来，好长一段时间，他们各自忙碌着，他上他的班，父亲则悠闲地酗酒度日。

因为害怕忧虑和悲伤，哥高泰对成家也不感兴趣了。父亲也没有继续给他找对象，就这样孤寂无味地度日。看到父亲如今这样开怀大笑，哥高泰心里自然而然地涌起了一股欣慰之情。

"廷……大……伯……爷……爷!"芥芥一边喊着,一边咚咚咚地跑进厨房里来。

"廷……大……伯……爷……爷,做什么菜呢?"

吴廷把饭锅晃动了几下,随后又把它放到了火炉上,接着说道:

"孩子呀!你想叫我大伯就叫大伯,想叫我爷爷就叫爷爷,想怎么叫就怎么叫,不要像现在这样廷大伯爷爷地叫,听得我心里直痒痒。"

"嗯!为什么呢?"芥芥睁大眼睛好奇地问道。

哥高泰心里暗自高兴,又笑了起来,因为他想起了父亲曾经不满地说过:"这条街上的小孩子们不假思索地叫我老廷,老廷,太刺耳了!我的儿呀!你把老廷这个词倒过来念念看,太坏了!"

"廷大伯!哎呀!廷爷爷!这样叫也不好,廷大伯爷爷呀!就叫廷大伯爷爷好!"芥芥高兴地说道。

"小崽子!小屄女!"吴廷骂道,随后又笑了起来。

"你们家呢?做什么菜啊?我们要做豆角炒猪肉,煮胡椒西葫芦汤,还想吃咸鱼酱,正打算去跟你妈妈要呢。"哥高泰说道。

"高叔叔喜欢吃咸鱼酱啊?"

"是的,很喜欢吃。"

"又没有可蘸着吃的东西。"

"有的呀!在这里,你没看见吗?早上爸爸就已经买来了,这是腌鱼木叶,那是紫球茄和藏青果。"

"高叔叔,我妈妈还没有煮咸鱼酱汁呢!刚刚正在给阿福煮稀饭!"

听到芥芥的话,哥高泰心中暗自高兴:"阿福真是人如其名一样有福气啊!"

吴巴布瓦上楼来的第二天,他就给了一千块钱。哥高泰一边满怀感激地看着他,一边说"除了必需的开销,剩余的钱我会把它登记在本子上的。"吴巴布瓦只用力地点了点头,便转身离去了。

走了几步之后，他似乎突然想起了什么，又折返回来，低声问道："一个月一千元够了吗？"

"叔呀！已经足够了，说不定还会有剩余呢。"哥高泰回答道。听到这句回答，吴巴布瓦脸上闪过一抹令人难以捉摸的微笑。

"那好，我会安排好每个月能取出一千元来。"吴巴布瓦低声说道。

哥高泰心中思考着，安排？难道他要出远门吗？于是便问道："叔叔，您是要出远门吗？"听到这话，吴巴布瓦一边呆呆地看着哥高泰，一边重重地点了点头。

"听说他的儿女们都在国外，可能他要去找他们。"

哥高泰一边想着，一边继续切豇豆。他是一个乐观主义者，从没对吴巴布瓦有过不满，只是觉得他有些傲慢，喜欢吹嘘。但他想这些都是他自己挣来的福气，让他有资格这样傲慢和吹嘘。

他曾向吴巴布瓦求助过，请求打个电话，却被吴巴布瓦拒绝说："我不喜欢家里有人进进出出。"为此，他还短暂地伤心过一小会儿，但他很快就把这事抛之脑后了。"是啊！是我打扰到了想要安静生活的他。"哥高泰自责道。

从那以后，本来就习惯把所有事情都往好处想的哥高泰，对吴巴布瓦资助阿福的事更是心存感激，认为吴巴布瓦是一个慷慨的大善人，对他充满敬意。

"高叔叔，想吃咸鱼酱汁的话等一下，我去给您拿来。"

"嗯！是去你妈妈那儿要吗？"

"不，不是，是去梅阿姨那儿要。"芥芥笑眯眯地说道，而哥高泰却惊讶地瞪大了眼睛。

"哎呀！这样好吗？"

哥高泰可不是像他父亲吴廷那样，可以随意拿着盆就去问别人家要饭的人。他想要按照自己的性格生活，尤其是在玛梅菊母女俩面前，他更想要保持一定的形象。

"没事的，高叔叔，梅阿姨很乐意给您的，昨天还问起过呢！"

"什么？"哥高泰急忙地问道。

"她说真可怜！你们会做些什么菜吃呢？"

"那么，你……"

"哦！我说看到你们在吃炒豆芽，还反问梅阿姨道：这难道'不可怜吗？'"

"那么……"

"梅阿姨说：'当然可怜了，芥芥呀！'"

哥高泰心跳加速，却还像不相信芥芥一样，瞪大眼睛看着她。

"什么？高叔叔不相信吗？"

芥芥笑嘻嘻地继续说道，随后扑哧一声大笑起来。实际上，玛梅菊也并非那样说。当她问道："梅阿姨呀！这难道不可怜吗？"时，玛梅菊只是这样说："哦！芥芥也真是的，和我有什么关系呢？"

"真不敢相信啊！芥芥！你们这些人啊，不是完全可以信任的。"

"看着，我去要给您看。"

"嘿！芥芥！"虽然哥高泰试图阻止，但芥芥还是一溜烟地从厨房跑了出去。接着从楼梯上咚咚咚地跑了下去。

虽然她下楼是为了要咸鱼酱汁的，但当她真正到了楼下时，芥芥却忘记了自己下楼来的目的了。这是因为她被从吴巴布瓦房间里传出来的电视机的声音深深吸引了。

"缅甸传统食物布嘟嘟牌什锦果铺！缅甸传统食物……"

这声音让芥芥着迷。于是，芥芥没有走向玛梅菊的房间，而是慢慢地向吴巴布瓦的房间走去。

她爬上了楼梯旁边门前的台阶，踮起脚尖，悄悄地从铁纱窗往里面窥视，看到了客厅角落里电视上播放着的穿着长裤在跳舞的卡通小童。

"唉！也不知道爸爸什么时候才能买得起一台电视机。"

芥芥满怀期望地想道。虽然爸爸有一台盒式录音机，但芥芥他们并没有

使用权。虽说是盒式录音机，但爸爸不使用录音带，只是听无线收音机。

爸爸总是准时收听新闻，也喜欢听故事节目和那些满足听众需求的节目。偶尔，即使播放磁带，也只能听到玛玛埃和秋冰①的声音。芥芥他们喜欢的郭妮、荷马奈温、奇高②等人的声音却从未响起过。因此，也就对爸爸的收音机失去了兴趣。

他们真正感兴趣的电视机，爸爸却买不起，如果想看电视，全家人不得不跑到别人家去看。因为是去别人家，所以还得看主人的脸色，感到十分尴尬。

"楼下的吴巴布瓦大伯如果可以让我们看电视的话，那就可以不去其他家，可以在附近看电视了。"哥都经常会念叨道。

"会给看吗？连打电话都不行，更别提看电视了。"哥吴说道。

听着哥吴的话，芥芥心想，即使真的给看，我也不敢看，因为害怕吴巴布瓦大伯严肃的面孔，他们会不敢大声地说话，电视剧情里如果有搞笑的情节，也不敢放声大笑。

"用黄瓜水制作而成的冰德桑粉底和雪花膏非常有名，涂上之后，真的真的是……"电视屏幕上出现了戴着帽子、满脸笑容的钦丹奴③。

芥芥和其他孩子都很喜欢看广告，广告让他们感到很快乐，还能记住许多广告词。

"嘿！芥芥！"哥都突然拍了一下芥芥的背。

"哎呀！哥都，你也真是的，吓死我了。"

"你在做什么？在偷看什么？"

"嘻嘻……电视！"芥芥耸了耸肩膀，露出一个调皮的笑容。

"哥都，快来看，正在放广告呢！"

"廷大伯爷爷叫我去买味精，我没空看你的电视。"

---

① 玛玛埃和秋冰是缅甸歌手的名字。
② 郭妮、荷马奈温、奇高也是缅甸歌手的名字。
③ 钦丹奴是缅甸女明星的名字。

虽然哥都嘴上这么说,脚步却还是挪到了芥芥站着的门前台阶上。因为他比芥芥高,踮起脚尖后,他比芥芥看得更清楚。

"今天是星期六,不知道会不会放儿童节目啊?哥都!"

"儿童节目的话,肯定是一些小孩子在跳着各种各样的舞蹈,我可不喜欢。"

"为什么?"

"她们一边蹦蹦跳跳,一边还抛媚眼。"

"呀!哥都你也真是的,这样很有趣啊!如果我也能像她们一样会跳舞的话,我也能上电视。"

"幸好你不会跳啊!不然观众就遭殃了。"

知道哥都是在故意逗她,芥芥没有真的生哥都的气。实际上,芥芥也和哥都一样,比起独舞的优美,更喜欢短鼓、象脚鼓、小丑舞的欢快气氛。

"好了,踮着脚尖看,脚都酸了,走吧!"

"等一下,哥都!那是参加宴会时穿的苗苗牌筒裙。"

哥都正准备离开,却被芥芥拉住了。因为两个人一起偷看,要比一个人更来劲。

"广告一结束我们就走!"芥芥哄着哥都。她一边伸缩着酸痛的双脚,一边又再次对哥都说:"就一小会儿,哥都!"然后就抓着哥都的手臂,再次踮起脚尖往房间里眺望。

"妈呀!"

当她看到吴巴布瓦正直挺挺地站在电视机前盯着他们看时,芥芥吓了一大跳。

"糟糕,被发现了!"

芥芥惊慌失措地从台阶上跳了下来,真是越急越见鬼,她的一只鞋子不慎飞落到了屋前的水沟里。

"怎么了?"

哥都不知道芥芥发生了什么事,也稀里糊涂地踮起脚尖往房间里眺望,当他看到吴巴布瓦正一边看着他,一边朝着铁纱窗走来时,他顿时惊呆了。

"哥都,快过来!"

芥芥顾不上去捡掉进水沟里的鞋子,而是急忙去拉站在台阶上的哥哥。她本想拉他的脚,但由于太过慌张,结果只是用力拽住了他的筒裙。

"哎呀!我靠!"

哥都一边用双手提起滑落下去的筒裙,一边怒吼道。还没来得及重新穿好筒裙,他就一边用双手将筒裙拽在胸前,一边从台阶上跳了下来。虽然没有摔个四脚朝天,但也是重心失衡,东倒西歪,最终哥都因踩到了自己的筒裙,摔了个嘴啃泥。

"啊!哥都!呸!呸!鸣呸![1]"

芥芥吃力地扶起哥都,哥都的两只膝盖都擦破了,哭丧着脸,但他还来不及仔细地擦拭受伤的膝盖,就对来到门口的吴巴布瓦道歉:

"我们是打算去买味精的。"

他们本以为像吴巴布瓦这种爱顶牛的人,会气愤地对在他屋前捣乱、偷看他电视的他们大发雷霆的。

然而,吴巴布瓦并没有像他们想象的那样气急败坏地大吼大叫,而是直视着他们问道:"你们是不是想看电视?"

哥都几乎不敢相信自己的耳朵,愣愣地回望着吴巴布瓦。

"说呀!是不是想看电视?"

"是……是……是的。"

兄妹俩都结结巴巴地回答道。

"我和你们有什么关系,你们要来我这里看电视?滚!"芥芥一想到即将听到吴巴布瓦的怒吼声时,她的手指尖立刻变得冰凉起来,不敢再像平时那样对正看着他们的吴巴布瓦咧嘴笑了。

"要是在哥都说走了的时候离开就好了。"芥芥后悔地想。

---

[1] "呸!呸!鸣呸!"是缅语音译,意思是把不好的消除掉,这里指祝福摔倒的人没有疼痛。

"这样的话,来吧!"吴巴布瓦温和地说道。

"什么?"

正准备迈步离开的哥都惊讶得张大了嘴巴,芥芥却还在怀疑自己所听到的话是否属实。

"来吧!进屋里来看吧!"吴巴布瓦为他们打开了门。

"是叫我们来吗?"芥芥转身向后面看了看,难以置信地问道。她心想吴巴布瓦不是在和他们说话,而是在和他们身后的某个人说话。

"是啊!当然就是叫你们的呀!"

"啊!真的吗?"两个小孩的脸上立刻洋溢着兴奋的光芒。

"那当然是真的呀!"吴巴布瓦用更加温和的语气再次说道。虽然他的表情依旧严肃,但他的眼里却带着一丝笑意。

尽管电视机在客厅里是一件必不可少的电器,但对于吴巴布瓦来说,电视机却像是一件多余的东西。

他对广告和歌曲都不感兴趣,所以他只是用来看看国际国内新闻而已。现在,他对国家大事也已失去了兴趣,因此电视机大多数时候是关闭着的。

今早,他感觉心里极度空虚,于是就打开电视机开关,并坐在电视机前。因为可以看到电视机里人像的活动,可以听到声音,所以好像能感觉到身边有人在陪伴似的。

但他既没有看到电视里的人像,也没有听到电视里的声音,他的心随着思绪四处漫游。

在电视机前呆坐了一会儿后,他又感觉到无聊,正准备起身去关电视机时,他注意到躲在屋角偷看电视的芥芥兄妹俩。

"大伯,您说的是真的吗?"芥芥再次问道。吴巴布瓦轻轻地点了点头。

"我们那个,唉!哥吴和阿福呢?可以叫他们一起来看吗?"哥都怯生生地问道。由于兴奋和紧张,他的小脸蛋变得红通通的。

"喊来吧!"

"太好了！"

哥都兴奋地低声欢呼道，芥芥也一边鼓掌，一边蹦蹦跳跳起来，然后就急忙跑上楼去。不一会儿，将阿福抱在腰间的哥吴，也带着难以置信的表情和他们一起下来了。

"大伯，您是真的叫我们来的，对吧？那个，哥吴说他不相信。"

吴巴布瓦看着不服气似的正在说话的芥芥，不由得笑了。当看到吴巴布瓦点头时，哥吴的小脸上也绽放出了喜悦的光芒。

"我真的能让他们变得这么高兴、快乐了啊？"吴巴布瓦想道。

看着他们那般兴奋、感激的小脸蛋，吴巴布瓦冰冷的心瞬间被温暖了，他现在才明白并真切地感受到，帮助别人、满足别人的愿望时，也能给自己带来巨大的幸福感。

"好了，坐着看吧！"

芥芥兄妹一群人拘谨地坐在椅子上，阿福伸手去抓桌子上的烟灰缸时，哥吴吓得胆战心惊的。

"好了，看吧！看吧！大伯要去睡一会儿。"

吴巴布瓦将看起来害怕他的一群小孩子留在了客厅，自己就走进了卧室。因为坐得太久，他感到有些累了，想要舒展四肢，轻松畅快地躺着休息一会儿。

"只是说说而已，怎么可能睡得着呢？"吴巴布瓦心里想道。

平时家里安安静静的时候，午觉他也是睡不着的，只是在开着空调的房间里舒舒服服地躺着，脑海里只会胡思乱想。

他想，像现在这样，听着电视机的声音和人们的说话声，是无论如何也睡不着的。

吴巴布瓦感到有些疲惫了，于是躺在床上，闭上了眼睛，耳边萦绕着孩子们轻柔的说话声和笑声。

然而，令吴巴布瓦感到惊讶的是，这些声音并没有像往常那样令他感到烦躁不安，不仅没有让他感到烦躁不安，反而令他暂时忘记了长久以来所承受到的孤独与寂寞，他感到仿佛有人陪伴在侧，内心变得异常踏实和温暖。

不一会儿，他便沉沉地睡去。

十一

"看那儿，瑞婶婶！现在孩子们全都站在他们的大伯那边。"

玛钦拉用哭笑不得的表情说道。

尽管她很欣慰孩子们现在和吴巴布瓦相互谅解、和睦相处，但是当哥吴理直气壮地对她说"妈妈，任何时候都不要再叫大伯'大坏蛋'[①]了，他其实心地很好，妈妈！他并不像您所想的那样心地坏、脾气坏"时，她心里还是很不服气。

当她反驳说"唉！现在才不是坏蛋了，那就不好说了，坏的时候可是真的很坏"时，哥吴就会边摇头边站在吴巴布瓦那边为他辩护道："任何时候都没有坏过，妈妈！可能只是因为人与人之间有误会罢了。"

"实际上，他的心地的确很善良。"杜瑞奴说道。

玛钦拉听到后心想："唉！这个老太婆也是个墙头草！"她记得以前在背后说吴巴布瓦坏话最多的人就是杜瑞奴了。

"你看啊！他也为阿福和大家承担起责任，这份心意还不够吗？给的也不少，玛钦拉！是一个月给一千，这还少吗？"

"是啊！他的心意确实值得称赞。"玛钦拉支支吾吾地说道。虽然说吴巴布瓦的心意确实值得称赞，但由于玛钦拉过去就对他一直有成见，所以现在对他依旧有点看不顺眼。

"不是从小一起长大的，不可能互相很了解，现在才慢慢了解了，人只有通过交往才能了解对方，不是吗？"杜瑞奴一边津津有味地嚼着凉拌茶

[①] "大坏蛋"就是前文中"嘟脸爷"一词的意思。

叶，一边用温和的口吻继续说道。

由于看不惯吴巴布瓦，杜瑞奴就四处宣扬，说吴巴布瓦是个爱作梗的人、爱与人作对的人、高傲冷漠的人等等。现在回想起来，感觉很对不起他。如今她所说过的一切都烟消云散了，取而代之的是对他赞不绝口。

而要玛钦拉立刻承认自己以前说过的话错了，这让她感到更加羞愧。

因此，玛钦拉只是轻描淡写地说："我们原本以为这老头很坏，现在看来倒也不尽然。"

"很多新家庭都搬到我们街道上来了，玛钦拉！人与人之间的了解，怎么可能一蹴而就呢？"杜瑞奴说道。

不仅仅是乌枙路，整个桑羌区里契约房如同雨后春笋般地涌现，住户也迅速增加。玛钦拉她们搬来也才不过四五年，所以还算是新住户。而杜瑞奴母女俩倒是已经在这儿住了二十五到三十年了，是真正的桑羌区的老住户了。

"都说桑羌一开始是由掸族人建立的，玛钦拉！因为他们制造经营的药品和湖泊，桑羌区才幸免于火灾！婶婶这一生，在桑羌从没有听说过发生火灾。虽然偶尔因为疏忽会引起一两起火灾，但这火也只烧掉了一间房子，从没有烧到第二间房子，因此我们桑羌的老住户们习惯上从来不购买房屋火灾保险。毕竟根本不需要嘛！不是吗？"

杜瑞奴从吴巴布瓦的话题转向了她钟爱的桑羌区。

杜瑞奴热爱桑羌区，也热爱桑羌区的生活。她是一个对自己和周围的人都充满兴趣的人，所以这个小区里充满了令人感兴趣的故事。

她是个喜欢串门后又说背后话的人（这里面也包括她自己），也是个喜欢坐在家里等着听别人说背后话的人，她认为如果没有她们这些人，这个世界就不会像现在这样热闹了。

虽然有时也会因双方话不投机而生气、闹别扭，但是不会持续很久。当有红白喜事时，大家又会聚到一起，互相帮忙。对于自己家的碗跑到别人家里去、别人家的碗又出现在自家餐桌上这种不分彼此的情况，杜瑞奴感到很

开心。

那种站在家门口一边大声喊着"玛某某！煮什么呢？"一边径直走进厨房的感觉，在温达米亚（现丹伦街）是体会不到的。

即使她比现在更富有，即使可以在温达米亚（现丹伦街）黄金谷盖房子，杜瑞奴也不会离开桑羌，她可能会像隔壁的老头子吴巴布瓦那样，把黄金谷的房子租给大使馆，然后自己又跑回到这契约房里来。

"唉！乌枇路上的老住户也走了不少。路尽头的吴吞兴、路中段的吴拉和吴昂登，还有钦貌绥他们的父亲吴宏盛。还有那个在屋前开机床的吴妙埃，因为机床上的燃油机能够制造出人们需要的一切物品，所以人们甚至还称呼他为'油佛祖'。还有吴泽雅的妻子奴姊姊，她是个身材苗条、皮肤细嫩光滑的美女。另一家是吴妙通乌夫妇，还有玛米基。往这边的话是桑妮布尔的父亲吴梭纽，丁丁恩的母亲杜宁丁。杜宁丁做的柚子果酱好吃到无法形容，用整个柚子做成，并保持柚子的绿色，非常漂亮！"

杜瑞奴不停地回忆起曾经在乌枇路生活过的人们："此外，还有一个叫瑞游的，虽然精神不太正常，但也从未伤害过任何人。大家都和他说话，还给他东西吃。如果有斋食布施会或槟榔布施会，不用说，和尚布施会结束后肯定就是瑞游布施会了。他是第一个到的，在别人都未开吃之前，瑞游就已经先吃了。但没有人会责怪他，大家都对他很好，都能原谅他，现在他也不在了，瑞游和他的母亲都走了。"

回忆着人们互相有商有量、满怀感情的情景，杜瑞奴感到非常愉悦。

如今，旧人已逝，新人代之。如同黄叶不断凋落，新叶茁壮成长一样，乌枇路依旧繁华热闹。那些曾经就在她眼前玩过弹夹、弹过弹珠、扔过陀螺等儿童游戏的耐温他们、钦貌绥他们，现在头发也都开始泛白了。

"哦！不知不觉中时间过得真快呀！"杜瑞奴感慨道。

"是啊！瑞姊姊呀！我们搬到乌枇路都大约五年了，一点都没感觉到时间已经过去这么久了。"玛钦拉思量着说道。接着她立刻回想起这五年间，她也只见过母亲两次，而且这两次都不是她去看母亲，而是母亲来看她。

"唉！这人世间就是这样，年轻人长大，大人变老，老人去世，去世后就慢慢被遗忘了。我想，所谓的轮回大概就是这样循环往复的吧！"玛钦拉心中感慨道。

"唉！我可怜的母亲年纪也大了，老了。"玛钦拉继续想着母亲的情况。她的母亲有六十多岁了，比瑞婶婶年纪稍长，但不像瑞婶婶那样苗条瘦小，而是胖墩墩的。

"玛钦拉，你的母亲呢，身体还好吗？"杜瑞奴突然问道。她想起如果她们两个坐在一起时，胖的人更胖，瘦的人更瘦，每个看见她们的人，都会哈哈大笑。

"前些天的信里倒是说身体很好，母亲很少会生病，但有高血压，却从不忌口。"玛钦拉回答道。

"若开那边椰子很多，如果椰奶喝多了可不行哦！"杜瑞奴说。

"就是呀！瑞婶婶！"玛钦拉赞同地回应道。

玛钦拉觉得她的母亲更疼爱她的妹妹玛钦妙。尽管她邀请她的母亲"来和我一起住吧！妈妈！"但是她的母亲最多只住一个月，多住一天都不愿意。

"你们仰光的家又窄又挤，连呼吸都很困难！"她的母亲总是这样说完之后就回去了。

玛钦妙的丈夫是医生，需要在乡下到处巡回出诊，经常搬家，这样也就能住上宽敞明亮的房子，吃喝也很充足丰富。

"这样对母亲来说确实会更好。"玛钦拉时常会这样想。

在她家，确实无法像在玛钦妙家里那样，提供很多吃的喝的，提供宽敞的住处，而且玛钦妙接连不断地生孩子，已经生了七个，现在又怀了一个，说是已经足月了。

到了若开邦后，母亲也不能来玛钦拉这里了，一方面是因为来回路途遥远，另一方面是因为不放心孩子们和玛钦妙。

孩子们刚放假时，母亲倒是来信说：

"这次你们全家一起来看妈妈吧！玛钦妙说想带你们去额布里海滩玩，趁孩子们放假的时候，如果貌扬威①能请到假，希望你们能来。"

"唉！即使计划着要去，但一算路费和生活费就没法成行了。泼水节的时候全家人都能一起坐车去的话该多好啊！母亲也真的会很高兴的，要去，要去，今年泼水节时无论如何也一定要去，孩子们到额布里海滩也一定会很高兴的。"玛钦拉心里想道。

玛钦拉此刻格外地想念母亲。她盘算着去的时候从这里买些泰国货带去，回来的时候再买些印度特产和鱼干、虾米。回来后，如果挨家挨户去售卖，赚的钱或许可以抵消一部分路费。

"嘿！问问看，问问阿福，拉阿姨，我漂亮吗？"

当抱着阿福的玛梅菊走到她们身边时，打断了玛钦拉的遐想。

"哎呀！太漂亮了！"杜瑞奴捏着涂满了白花花的黄香楝粉的阿福的双颊，像小孩般咿呀学语地哄道：

"小男子汉！小男子汉吴阿福呀！是喜欢芥芥姐姐呢？还是喜欢梅梅阿姨呀？"

"只喜欢瑞奶奶。"紧紧地凑到玛梅菊身边来的芥芥代替阿福回答道。

"喜欢瑞奶奶呀！喜欢老奶奶呀！喜欢老妈妈呀！说呀！说呀！"杜瑞奴使劲地亲了亲散发着黄香楝粉香味的阿福的双颊。

阿福咿咿呀呀地说着话，并咯咯咯地笑着。

"给，妈妈，帮我抱一下孩子。"

玛梅菊把阿福递给母亲杜瑞奴，和芥芥一起走进了厨房，玛钦拉看到芥芥手里拿着一个小铁盆。

"嘿！女儿，你手里的小盆是做什么用的呀？"玛钦拉问道。

"是为了吴高呀！来要鱼虾酱汁的。"因为芥芥没有听到，所以杜瑞奴代替她回答道。

---

① 貌扬威就是玛钦拉的丈夫哥扬威，因为是长辈对晚辈的称呼，所以就在名字前面用"貌"。见第16页注释1。

"哦！"

确实，哥高泰看起来很想吃鱼虾酱汁。

昨天她还听到他用不满的语气对芥芥说："芥芥呀！我等你的鱼虾酱汁等得脖子都长了，我这辈子还能否吃得到呀？"

"只有父子俩在一起生活，怎么可能有时间来煮鱼虾酱汁呢？说是她高叔叔想吃鱼虾酱汁，给一点点吧！从早上就一直来黏着要了。"杜瑞奴继续说道。

"是的，家里也只有我一个人喜欢吃鱼虾酱，所以有时候实在想吃了才会做。"玛钦拉说。

但玛钦拉的鱼虾酱汁只是简单地往火炉上煮好的鱼虾酱汁里加入一些干辣椒面而已，并不像杜瑞奴母女俩那样，会把虾仁、大蒜和青辣椒捣碎放入其中，冲调成令人垂涎欲滴的美味。

"孩子们都很喜欢他。"杜瑞奴说道。

"哦！说到喜欢，他也是很喜欢孩子们的呀！您看，他甚至从公交车上都带了个孩子回来。"玛钦拉回答道。

她俩看着与他并无血缘关系的阿福，愉快地笑了。每当想起阿福奇妙地来到她们身边的故事，就感觉是一件喜事。

过了一会儿，玛梅菊和芥芥从厨房里走了出来，从芥芥手里的鱼虾酱汁盆里飘出了青椒和大蒜的浓香。

"闻到鱼虾酱的香味，我肚子都饿了。"玛钦拉说道。

玛钦拉想如果能用又香又脆的生杧果蘸着香喷喷的鱼虾酱汁吃，那一定会很可口！

家里没有刚结出的小杧果，却正好有一捆杧果花苞，回去的时候跟玛梅菊要上够吃一顿的鱼虾酱汁，把香香的杧果花苞泡在里面，就可以享受一顿美餐了。

"嗨！看那边，吴高都已经回来了。"

当看到像往常一样耷拉着脑袋走过来的哥高泰时，芥芥高兴起来，伶俐

地呼喊道：

"高叔叔呀！高叔叔，阿福在这里。"

本来就很想过来的哥高泰听到这声呼唤，脸上露出了微笑。

哥高泰没有走向中间的楼梯，而是转身走进玛梅菊她们的屋子里。他虽然来了，但因为害羞，并没有看任何人，只是对着杜瑞奴手里的孩子说道："阿福呀！哟！我儿还涂着黄香楝粉呀！"

阿福一看到哥高泰，也立刻高兴了起来，两只小脚站立在杜瑞奴的大腿上，兴奋地跳个不停。

"嘿！阿福！稍等一下啦！先让我去冲个澡吧！"哥高泰说道。

哥高泰用双手捧起阿福，亲了他一下，之后又将他交回到正笑眯眯地看着他们的杜瑞奴手里，并抱歉地说道："请等一下，我要洗个澡，婶婶！"

"高叔叔！"芥芥喊道，"高叔叔！看这里！"

芥芥一边举起手里的鱼虾酱汁盆给他看，一边用下巴指向玛梅菊那边。

"鱼虾酱汁！是梅阿姨给的。"

哥高泰也低头看着香喷喷的鱼虾酱汁，像玛钦拉一样，立刻感到肚子饿了。他咽了咽口水，然后带着感激的目光看着玛梅菊，像往常一样错误百出地说道：

"太感谢了，鱼虾酱呀！我早就想吃玛梅菊了。"

十二

"高叔叔这么一说，梅阿姨当然是很害羞了，大伯呀！整张脸都红透了。"

吴巴布瓦一边望着边笑边说的芥芥，一边仿佛能够清晰地想象出哥高泰那莫名其妙的行为和玛梅菊害羞的脸庞，心里也不禁想笑起来。

"这个时候高叔叔知道自己说错话了，十分不好意思，您知道他接着又是如何说的吗？大伯呀！"芥芥继续说道。

"快说呀！"吴巴布瓦催促道。

芥芥自己一直在笑个不停，所以一时没法把话继续说下去，看起来似乎已经明白整件事情的哥吴和哥都也跟着芥芥一起笑了起来。

"高叔叔睁大眼睛看着梅阿姨，再次说道：'对不起呀！对不起！我是真的太想吃玛梅菊了才说错话的，鱼虾酱呀！'"

"哈……哈……哈！好啊！"这一次吴巴布瓦不再只是微笑了，而是哈哈哈地开怀大笑了起来。他亲自领教过哥高泰这个人的一些傻乎乎的、莫名其妙的行为。那一次哥高泰直冲冲地撞到他时也没说对不起，而是牛头不对马嘴地说道："谢谢啊！谢谢！"

"这时候梅阿姨也因为害羞跑进厨房去了，高泰叔叔拿着鱼虾酱汁盆上楼梯时，不知怎么搞的，也不知脚绊到了什么东西，大伯呀！整个人就趴倒在楼梯上，全身都是又香又臭的鱼虾酱味！鱼虾酱味呀！"

"那个，杜瑞奴奶奶呢？"吴巴布瓦很想知道杜瑞奴的表情是什么样子的。

"唉！瑞奶奶吗？瑞奶奶和我妈妈呀！怎么说呢？她们笑得可厉害了，大伯呀！千万不要跟任何人说噢，她们笑得都尿裤子了。"

吴巴布瓦边听着芥芥小声说的话，边放声哈哈大笑起来，边笑边咳嗽，甚至还噎着了，哥都见状，赶紧跑去给他倒了一杯水。

吴巴布瓦的咳嗽一直都停不下来，哥吴轻轻地拍着他的背部。

"哎呀！好累啊！"吴巴布瓦说道。

吴巴布瓦一口一口地、慢慢地喝着水，因为笑得太厉害了，出了些汗，感觉胸口舒服多了，但是因为笑得太累了，累到无法平息下来，出现了胸口疼痛和喘息的症状。

"你呀！就是因为你说了太多笑话了。"哥都责备芥芥道。

芥芥反驳他道：

"哎呀！不是因为笑才累的，哥都你也真是的！你看瑞奶奶，瞪大眼睛看着吴高使劲地大笑，甚至连尿都笑出来了，可却没有累呀！"

吴巴布瓦眼前又浮现出那位笑得连小便都失禁了的老奶奶的样子，忍不住又想笑了。接着他又想道："嗯！如果这老光棍哥高泰和老剩女玛梅菊就此能成一对的话，那就太好了，阿福也就有爸爸妈妈了。"

"大伯累的话要吃补血药吗？妈妈如果累了，就会起来吃补血药的。"

"算了吧！这种累并不是吃了补血药就能消除掉的。"

"那么，柠檬汁呢？可以吗？"

"嗯！那好啊！"

吴巴布瓦点头表示同意，哥吴见状也感到很高兴。他对现在与他们和蔼可亲地交往、允许他们进家看电视的吴巴布瓦产生了亲近之情，看到他累了就想为他做些能让他舒服点的事。

"冰箱里有柠檬，葡萄糖在桌子上，你要去给我冲吗？"吴巴布瓦问道。

"我去冲吧！"芥芥说。

"啊？你会冲吗？"哥吴半信半疑地问道。

芥芥笑着点了点头。

"来，哥都，我们去冲柠檬水吧！"芥芥喊道。

芥芥和哥都走进了饭厅。如今吴巴布瓦大伯和他们熟悉了起来，他们可以随意出入大伯的厨房。他们也会把使用过的东西清洗干净之后再放回原位，这让吴巴布瓦大伯也感到非常满意。

尽管吴巴布瓦大伯叫他们吃冰箱里的巧克力和蛋糕，但芥芥他们从未拿来吃过。哥吴悄悄地提醒过两个小的不能吃，否则还以为他们是为了吃巧克力才来的，那多不好啊！

"大伯，我去洗厨房里的那些碗，不会打碎的，放心吧！"哥都的声音传了过来。

哥吴正把散落在桌子上的杂乱的时报和新时代杂志重新整整齐齐地叠放好。然后，又去厨房拿来了扫帚，打扫起客厅来。

"柠檬水要甜甜的还是要酸酸的？大伯！"芥芥问道。

"要酸的。"

"要放冰块吗？"

"要的。"

吴巴布瓦舒舒服服地躺在躺椅上，满心欢喜地看着正在打扫客厅的哥吴。兄妹三人亲切友好地照顾他，他感到十分满意，心里充满了感激。

这正是他暗自期盼的生活，他内心深处渴望已久的生活就是这样的。

"哟！吴巴布瓦，有客人啊！"走进屋里来的吴甘敏吃惊地嘟哝道。他的诊所里，今早病人特别多，所以很累，虽然他的妻子建议他中午的时候稍微休息一下，但他的心里仍始终惦记着吴巴布瓦。

因为最近这几天他们都没见着面，他担心吴巴布瓦会不会感到寂寞，心情会不会沮丧，会不会胡思乱想而感到害怕，所以他没有休息，说了声"我要去和吴巴布瓦干一杯"就过来了。

"嗨！吴甘敏，来！"吴巴布瓦躺在躺椅上，舒适安逸地微笑着招呼道。

"芥芥呀！也给医生大伯冲一杯吧！"哥吴冲着饭厅喊道。

"好的，好的。"哥都在房间里大声回应道。孩子们全都聚集在这个屋子里，吴甘敏以为那个叫阿福的小孩也应该在这里，他还一次都没有见过阿福。

"大伯，阿福在那屋里，正在和梅阿姨一起睡觉呢！"

哥吴没等吴甘敏发问，就识相地回答说。接着又说道："刚才大伯有点累了。"

"只是有一点点罢了，笑的时候噎着了。"吴巴布瓦解释道。

"笑的时候？"吴甘敏不解地问道。

吴巴布瓦竟能因为笑而噎到，吴甘敏对此感到很吃惊，同时也感到很高兴。无论是因什么而笑，这对于一向都很严肃的吴巴布瓦来说，欢笑和快乐无疑是一剂良药。

"一边听着孩子们说的话，一边就笑了，笑着笑着就咳嗽起来，结果就被口水噎到了。"吴巴布瓦说道。

"咳得很厉害吗？"吴甘敏问道。

"嗯！最近倒是咳得十分厉害。"吴巴布瓦以满不在乎的表情微笑着回答说。

"只是咳嗽吗？"吴甘敏又问道。

"当然还有血。"吴巴布瓦淡淡地说道。对于自己能像这样微笑着淡然地说出，他感到很满意。他意味深长地看着吴甘敏，吴甘敏虽然眼神里充满了担忧，但却努力假装出一副"这是正常的，不要紧"的样子来。

"柠檬水，大伯！"

芥芥和哥都每人端着一杯柠檬水走过来，毕恭毕敬地把水放在桌子上。

"现在，我已经有孙儿孙女了。"

"那真是太好了！"

吴巴布瓦满意地说道，吴甘敏点头表示赞成。他心想，吴巴布瓦是想明白了,与其思念那些远在异国他乡、从没考虑过回国的孙儿孙女们,还不如疼爱身边的孩子们来得更实际些,于是他也感到欣慰。

"请用!"吴巴布瓦把柠檬水递给吴甘敏。

他自己也端起杯子痛痛快快地一饮而尽。

"啊巴巴!"吴巴布瓦皱起了眉头,"啊巴巴!说是酸的,还真是酸啊!嗬!嗬!"

"哟!大伯说要酸酸的嘛!"芥芥表现出一副只有酸角叶那么一点点酸味的样子来。

"我们挤了柠檬,还有,都不敢放糖。"

"好啊!真会做啊!"吴巴布瓦皱着眉头却笑了起来。

"唉!吴巴布瓦现在才像是一个人,以前的他看起来就像是上了发条的机器人,严肃、僵硬。"吴甘敏心里想道。

吴甘敏高兴地看着正在笑的吴巴布瓦,对那些能让他那张冷漠僵硬的脸变得和蔼可亲起来的孩子们,充满了感激之情。

"我们重新给您泡吧!"芥芥满怀歉意地说。

"算了,不用了。"

吴巴布瓦口是心非地说道,他面带微笑,喝光了那酸溜溜的柠檬水。

"听说酸柠檬汁能降血压。好了,吴甘敏,喝掉吧!"

吴甘敏举起柠檬水杯边看边想:"到底会有多酸呢?"然后便鼓起勇气一口气喝了下去。尽管柠檬水酸得他嘴巴都麻木掉了,但还是对着直视着他的人们露出了甜美的笑容。

但他的微笑显得很不自然,紧皱着眉头,哭丧着脸,努力挤出的笑容使得嘴唇也噘了起来,他的脸就像是一张卡通人物一样。吴巴布瓦忍不住哈哈哈地大笑起来,感觉很尴尬的孩子们也忍不住跟着大笑起来。这间屋子里能传出这样的笑声,吴甘敏又再次对这群孩子充满了感激。

"我们为大伯重新冲泡新的。"

哥吴一边不好意思地说着,一边不经意地向大路边望去,随即吃惊地嘟

哝道："哎！爸爸。"

"爸爸，这么早就回来了呀。"

他看到了烈日炎炎下没有打伞、低着头径直走过来的哥扬威。平时都是下午才回来的哥扬威，现在大中午就回来了，这让哥吴感到很奇怪。

"爸爸！我们在这里。"芥芥大声地喊道。

正准备走向中间楼梯的哥扬威缩回了脚，当他看到自己的三个孩子都在吴巴布瓦的房间里时，虽然很吃惊，但却什么都没说，而是很着急地问道："你们的妈妈呢？"

"妈妈在楼上呀！"孩子们回答道。

"哦！哦！"哥扬威快速地上楼去了。

"不知道爸爸出什么事了。"哥吴担忧了起来。

他把手里的扫帚递给了妹妹芥芥，紧跟在父亲后面跑上了楼。

"所以昨天特别想念母亲，吴扬威呀！你如实地说吧！我的母亲还活着吗？"

玛钦拉那肥大的身体瘫坐在地板上哭了起来。她一激动起来就不会像平时那样叫她的丈夫"哥哥"，而是叫他"吴扬威"。

"电话线路也不是太好，话音模糊，说是'母亲晕倒了，快点过来吧！'"

"是谁打来的呢？"

"就是哥德通呀！"

哥德通是玛钦妙的丈夫。他本身就是医生，对母亲的情况他比其他所有的人都要更加清楚，他说"快点过来吧！"那当然就是情况很紧急了。想到这，玛钦拉的眼泪又流了下来。

"说是晕倒了，是吗？"玛钦拉不相信似的又问道。

"是的呀！"

"还说了什么呢？"

"我说过了，电话线路声音不清楚，什么都听不清，只是听到说快点过来吧！"哥扬威边观察着妻子的情绪边谨慎地回答道。

玛钦拉是一个爱激动、难以控制情绪的人，他担心如果实话实说，她会哭昏厥过去的。

"此外，什么都没有听到了吗？"

"哎呀！已经告诉你说声音模糊了呀！"

实际上，哥德通的声音他听得清清楚楚、真真切切。他说："昨天晚上十点钟左右晕倒了，然后就没有苏醒过来，早上八点钟已经去世了。"

"昨天一整天都很想念母亲，晚上也睡得不好，做了些乱七八糟的梦，我心里很不安，哥扬威啊！母亲是不是发生什么事了呀？"玛钦拉呜呜呜地哭了起来。

"好了，什么都还没弄清楚呢，别再使劲地哭了。该做什么就去做，该带什么就去收拾吧，明天一大早有什么车就坐什么车走，飞机票是无论如何也买不到了。"

哥扬威安慰着说道，并向哭丧着脸回家来的芥芥兄妹们使眼色。

"好了，哥都帮着妈妈收拾东西，女儿也在妈妈旁边帮着做需要做的事，爸爸去告诉瑞奶奶她们。"

哥扬威正准备要下楼去的时候，玛钦拉擦着眼泪问道："孩子们也一起带去，是吗？"

"怎么行呢？"

"唉，怎么能留下来呢？"

"行的，邻居们都很好啊，钦拉呀！是去探病的（哥扬威不敢说是去奔丧），孩子们跟着去乱哄哄的，多不好啊！"

"母亲肯定很想见她的孙儿孙女们了。"

尽管玛钦拉又轻声说道，但是哥扬威假装没听到，牵起哥吴的手就下楼去了。因为哥吴既是长子又像个小大人，所以哥扬威很依赖他，也敢把实情告诉他。

"实际上，她已经去世了，婶婶！"哥扬威沉重地对杜瑞奴说。

哥吴紧紧地握住父亲的手，低垂着头，脑海里想象着已故的外婆的样子。因为不常相聚，偶尔才见，他们兄妹对外婆的感情并不十分深厚。

"但还不敢对玛钦拉说实话，她控制不住她自己的情绪，到了路上看情况再告诉她。"哥扬威继续说道。

"真可怜！玛钦拉昨天还在说她的母亲有高血压。"杜瑞奴难过地说道。随后她自己也感到头昏脑涨，心情沉重起来。

"把孩子们留下来，不知道好不好？婶婶！因为是丧事，所以不想带他们去。而且听说从这里坐车去的话，路途非常辛苦。"哥扬威说道。

经常会听到那些坐车穿越若开山脉走陆路的人说，路途非常艰辛。

又是丧事，路途又艰辛，哥扬威不想带哥吴他们兄妹一起去。

此外，玛钦妙对她的子女们又是过分地溺爱。因为是住在乡下的医生的子女，妈妈又很宠爱他们，所以玛钦妙的孩子们很捣蛋（虽然哥扬威认为很捣蛋，但玛钦拉却会维护说"所有孩子都会这样的，有机会的话当然就会很淘气了"）。哥吴生性安静，所以没问题；哥都和芥芥生性有点刚烈，不易相处。哥扬威回想起小时候每次见面他们堂兄妹几个都会相互扭打在一起的情景。

现在也不敢保证他们不会像小时候那样，相互扭打在一起呀！如果自己的孩子被打了，会很心烦；如果自己的孩子打了别人，又会觉得不好意思。因此，哥扬威决定，最好还是清清静静地把他们留在自己的家里了。

"你就放心地留下吧！有我们在的，也不用担心他们的吃喝问题。"杜瑞奴说。

"我会做饭的，爸爸！煮好的鸭蛋浇上油吃的话，芥芥她们也很喜欢的。"哥吴像个小大人一样地说道。

玛梅菊疼爱地摸了摸他的头。

"不用你煮鸭蛋，哥吴！梅阿姨会给你们做的。"玛梅菊说道。

"是啊！晚上楼上有哥高泰父子俩在，让芥芥和她的梅阿姨一起睡，怎么样？孩子们正在放假，又不用去上学，什么都不用担心，只管放心地去吧！唉！只要照顾好玛钦拉即可。"

杜瑞奴边说边起身喝了一杯补血药，每次听到别人去世的消息，她就会感觉心慌心跳，在她那瘦小的身体里似乎藏着某种重大疾病。

"谢谢婶婶！这一个星期十来天左右，就拜托婶婶们照顾一下了，我也会去告诉哥高泰和廷大伯他们的，当然，还有那边屋里的叔叔。"哥扬威说道。

尽管哥扬威认为把孩子们留下才是最好的，但到了真的决定把孩子三人留下时，哥扬威又放心不下了。但身边又没有可以求助的亲戚，茵盛有一位大伯，德贡新区还有一位堂弟，离得最近的是住在基敏代的表姐，但玛钦拉不喜欢她反复无常、惹是生非的性格。

哥扬威的心情变得沉重起来。虽然明知这次出行是无法逃避、不得不去的，但他内心深处还是很想推脱掉。他心疼长这么大还从未和妈妈分开睡过的芥芥，也担心总是想标新立异顽皮的哥都。还有，最让他担心的是，孩子们在他们出行期间可能会生病。

"哥吴，我的大儿子，我就依靠你了，照顾好你的弟弟和妹妹，好吗？"

"放心吧，爸爸！"

哥吴深吸一口气，直视着父亲的眼睛，微笑着回答道。然后又小声地说道："放心吧，爸爸！我会照顾好的。"

以前哥吴从未失眠过，但父亲在他心中注入责任感的同时，似乎也把担忧放了进去。

现在哥吴担心着一切。担心到楼下和梅阿姨一起睡的芥芥会睡不好，还有哥都，尽管哥都已经有十岁了，但是还不会自己起夜，一不小心的话还会尿床。平时妈妈半夜会叫醒哥都，把哥都拉到厕所里去撒尿，现在这任务完全落在他身上，所以可怜的哥吴想着要照顾弟弟起夜，就无法安心入睡了。

由于将前屋让给了与他们同睡的廷大伯爷爷，他们不得不睡在妈妈的床上，这令哥吴更加的担忧，他担心如果他醒晚了，妈妈她们的褥子就会被哥都的尿淹湿了。刚才，他甚至还把哥都弄醒了一次。

然而，哥都却不起来，"不想尿，不想尿"，只是迷迷糊糊地大声叫喊着，随后又呼呼呼地睡着了。

"到了午夜，一定要把他弄醒。"哥吴边做出决定，边直视着白色的蚊帐顶。

蚊帐顶仿佛幕布一般，哥吴似乎看到了父亲那信任的目光以及母亲正在哭泣的脸庞："我的心里很不安，吴扬威呀！妈妈是不是发生了什么事？"妈妈边哭边说的话仿佛萦绕在耳边。

此刻，妈妈也应该已经知道外婆去世的消息了，她该哭得多伤心啊！想到这时，哥吴感到胸口很沉闷。

"她的妈妈死了，妈妈当然很伤心了。唉！如果我们的爸爸妈妈也死了的话，哎呀呀！阿弥陀佛！阿弥陀佛！"

哥吴突然从床上坐了起来，他从未想起过佛菩萨，现在一想到，他的心跳就加速。如果真的发生那样的事，他该做什么呢？他该如何承担起照顾自己和弟弟妹妹的责任呢？

"爸爸和妈妈都很健康，怎么会死呢？呸！呸！乌鸦嘴！我在想些什么呀？"哥吴一边责怪着自己，一边念起了消灾咒语。

哥吴一直习惯于在心烦时、害怕时、担忧时念消灾咒语，甚至在老师要考试时，他总是会念爸爸教给他的消灾咒语。

他连续念了大约五遍，心情才稍微放松了一些。

随着前屋里的挂钟传来的滴答声，哥吴停止念消灾咒语，在心里跟着默数起滴答声。

他听到楼下吴巴布瓦大伯的咳嗽声，接着是他起床开卫生间门的声音，然后又是一阵咳嗽声。

"不知道大伯有没有吃止咳药？"哥吴难过地想。

每次咳嗽过后，大伯的脸色都会变得不好，显得疲惫不堪。但是为什么会忘了吃药呢？哥吴对此感到很惊讶。

如果他们咳嗽的话，妈妈就会用槟榔叶包裹消化药粉列沙，让他们含在嘴里。新鲜的槟榔叶遇到口腔里的热气时就会泛潮并溶解为辛辣甘醇的味道，随后和消化药粉列沙一起慢慢地流到喉咙里。过一会儿，喉咙发痒的症状就会消失，咳嗽也就会减轻了。然而芥芥总是会说消化药粉列沙咸、槟榔叶辣，挑三拣四的，有时候会趁妈妈不注意就把它吐掉了。因此，她要是哪里不舒服，总是难以快速好起来。

"妈妈说过，咳嗽时不能吃虾和茄子，这些食物会使喉咙发痒，不知道大伯是不是因为很喜欢吃虾，所以咳嗽才一直没能好起来？"

哥吴仿佛看到了前天大伯饭桌上吃剩的大对虾，不禁责怪起大对虾来。

"妈妈给了梅阿姨买菜的钱，梅阿姨问明天想吃什么菜，唉！只想吃像吴巴布瓦大伯吃的那种大对虾。"哥吴边想边咽了咽口水。

"但是不行啊！大对虾太贵了！梅阿姨觉得好就会买来做给我们，爸爸曾经说过饿了才吃，饿的时候不论吃什么菜都会很美味。"

哥吴思绪万千，慢慢地闭上了眼睛，不久便沉沉睡去。

随后哥吴做了个梦，梦里他来到了额布里海滩，还见到了外婆，外婆和爸爸妈妈他们一起坐在海棠树下聊天，而他们兄弟姐妹几个在沙滩上奔跑玩耍，捡拾海螺。

正当他低头在海边捡海螺时，一个巨大的海浪朝他翻滚而来，他试图往后退并逃跑，却无法逃脱，海浪啪的一声拍打在沙滩上，水花四溅，他的衣服全都被水花溅湿了，这时他从梦中惊醒。

"完蛋了！"哥吴叫道。

他从床上翻滚着爬了起来，他的衣服真的全都湿了，但不是咸咸的海水，而是因为哥都骑在他的脖子上撒尿。

"喂！哥都，快起来！"哥吴大声吼道。

尽管哥吴用拳头连击了两下，哥都还是没有醒，筒裙和人各在一边的哥都，只是"嗯"了一声，翻个身继续接着睡。

"好啊！撒尿的是你，弄湿的却是我，哼！"

哥吴快速起床换了衣服，幸好哥都是骑在他身上撒的尿，所以他立刻就醒了，床褥倒是逃过一劫，没有被尿湿。

"哥都都到这个年纪了还在尿床吗？"吴廷问道。

"还在尿呀！廷大伯爷爷，明天晚上的话得要用橡皮圈把这家伙的那个东西扎起来才行。"哥吴气呼呼地回答道。

廷大伯爷爷掀开蚊帐出来，嘿嘿嘿地笑着，他拿起被窝旁边空牛奶杯里的短卷烟，点燃后吸了起来。

"廷大伯爷爷睡不着吗？"哥吴问道。

"睡得着，刚才才醒的，因为听到了那老太婆的喊叫声。"吴廷回答道。

瑞奶奶拜佛念经的声音回荡在整栋楼里，哥吴朝钟表望去，已经是凌晨五点钟了。

"这个声音就是我的闹钟，这个时候这个老太婆就会准时起来吼了，我也就会醒来起床坐着了。"吴廷不满意地说道。

"拜佛念经本是件令人心旷神怡的事，使听到的人也感到心情宁静而美好。但现在呢，她为了让整个小区都知道她在这个时候拜佛念经，所以就使劲地大声吼，她的声音哪里是令人感到心旷神怡呀！唉！简直是不想说了。"吴廷抱怨道。

平时没有早醒习惯的哥吴，以前从未注意过瑞奶奶拜佛念经的声音，现在才竖起耳朵专心地听起来，然后看着哭丧着脸的廷大伯爷爷笑了，瑞奶奶的声音确实比平常大了许多。

吴廷在蚊帐旁边边跷着二郎腿边心灰意冷地嘟哝道："真是没意思啊！不知道是不是她嘴巴里含了个扩音器？！"随后连续吸了几口烟，使得卷烟的火光变得红通通的。

"我也和她比赛一下，不知道好不好？"吴廷边想边朝着哥吴他们的佛龛望去。

与他那冷清的佛龛不同，哥吴他们的佛龛上插满了盛开的、漂亮的马六甲蒲桃枝和剑兰花，擦得闪闪发光的铜制净水杯在微弱的光线中闪闪发亮。

当吴廷的目光落在佛龛下挂着的小铜磬上时，他脸上露出了愉悦的微笑，并从座位上起身朝着佛龛走去，当他又看到佛龛下面放着敲小铜磬用的手槌时，他放声大笑了起来。

"愿听到这声音的众生都能共享善果。"

吴廷大声地念诵着，并举起手槌轻轻地敲击着小铜磬，微笑地看着它随着清脆的声音旋转。当小铜磬的旋转速度减弱时，声音也随之变小，廷大伯爷爷用比之前还要大的声音再次念道：

"愿听到这声音的众生都能共享善果。"

吴廷重复了三遍回向[①]、敲击了铜磬三次后，当他转过身来，才注意到哥吴正在惊讶地凝视着他。

"如果楼下的老太婆问起，你就说廷大伯早早就醒了，拜完佛后在坐禅，她念经的时候，大伯已经坐完禅在做回向了，好吗？大伯会买包子给你们吃的。"

吴廷封住哥吴的嘴后准备回去继续睡觉，对正在发笑的哥吴说道："还早呢，再回去睡吧！"不一会儿，他那儿传出了呼噜呼噜的打鼾声。

[①] "回向"是佛教用语，指将自己所修的功德分享给众生，又叫分享功德、共享善果。

十三

听到吴廷的回向声时,杜瑞奴大吃一惊。

"无稽之谈,他有什么功德可以分享?他哪是在分享功德,怕不是在分享喝酒的危害,那就糟糕了。"

杜瑞奴在心里恶意地揣测着,她口中正在念诵的经文也因此变得结结巴巴了。像吴廷这样的醉鬼竟然抢在她的前面做回向,她心里颇不是滋味。

"哦!不管怎么说,他能像我一样会念经吗?"

杜瑞奴打消掉心中的杂念,然后继续用她自认为清脆悠扬的声音念起了阿纳达拉卡纳经①。

"妈妈!"芥芥在睡梦中呼唤着她的母亲。

"梅阿姨在的,芥芥!睡吧!睡吧!"伴随着玛梅菊的安抚声,杜瑞奴还听到了哄芥芥入睡的轻轻拍打声。

"唉!我女儿这个老剩女,既要爱阿福,又要爱芥芥他们兄妹,就这样一边爱着别人家的孩子,一边让时间就这么流逝掉了,这一辈子怕都不会结婚成家了。"杜瑞奴心中暗自思量。

虽然她已经能够背诵经文了,嘴巴里念得很流畅,但她的思绪却像脱缰的野马,四处飞扬。

"唉!看样子楼上的老光棍似乎也对我女儿有意思,但是他那莫名其妙的、傻呵呵的样子,也真是够呛啊!"杜瑞奴又想道。

---

① "阿纳达拉卡纳"是缅语音译,意思是虚荣心。阿纳达拉卡纳经是指关于虚荣心的经文。

杜瑞奴仿佛又听到了"想吃玛梅菊已经好久了"这个声音，她不禁又想笑了。

"出错一次倒也罢了，但现在大伯那帅气的儿子又一次出错了，他说'我是因为非常想吃玛梅菊所以才说错话的，鱼虾酱呀！'嘻嘻！"杜瑞奴继续想道。

正在拜佛的杜瑞奴脸上浮现出一抹笑意。回想起哥高泰那因为害羞而不知所措，红得像熟透了的西红柿的脸，实在是令人忍俊不禁。

蚊子嗡嗡嗡地在耳边飞来飞去，杜瑞奴悄悄地睁开了闭着的眼睛望向灭蚊香。那本已点燃的灭蚊香不知何时已经熄灭，公蚊子、母蚊子、小蚊子全都围绕着它，正在你追我赶地玩耍着。

"这灭蚊香一点就灭，真是名副其实的哥吞宁①灭蚊香啊！"杜瑞奴心想。

杜瑞奴轻轻地撤下一只正在合十的手，挥动棕色围巾驱赶蚊子。她的思绪比风速、光速还要快，从哥高泰那儿飞到了灭蚊香那儿，然后又立刻从灭蚊香那儿飞到了玛钦拉的母亲那儿。

玛钦拉的母亲不把灭蚊香叫作灭蚊香，而是说"大白天的蚊子还这么多，不点上小哥吞宁吗？"起初她没有立刻明白她在说什么，后来知道她说的是灭蚊香，就笑着表示赞成地说道："好啊！"

"唉！可怜的她现在已经去世了，她刚来到这个家里的时候还和我一起坐在那边聊天哪！"杜瑞奴心想。

杜瑞奴忘记了实际上全都是她在说，对方纯粹就是一个听众。对她所说的一切，对方都是点点头，从不嫌弃地听着她说。因此，她觉得她们宛如故交，亲密友好地相处过。

"她来的时候总是文静地坐在那边，津津有味地嚼着凉拌茶叶，现在却是，现在却是……"

---

① "哥吞宁"是缅语音译，指人名。"吞"的意思是点火，"宁"的意思是火熄灭，"哥吞宁"也指一点燃就熄灭。

当想象着玛钦拉的母亲那披盖着薄薄的纱布、仰躺着的躯体时,杜瑞奴感觉仿佛真的就像在眼前一样,不禁后背一阵发凉。

"现在这个躯体就要被埋到土里去了。"

杜瑞奴仿佛又听到了土块掉落在棺材上面的声音。不管佛知晓与否,不管是否有理,想说什么就说吧!杜瑞奴害怕听到那种声音,那种办丧事时哐啷一下把水罐摔碎的声音,也害怕火化机器的门嘎吱一下关上的声音。

"怕!怕!回向,回向,唉!搞错了,回向给听到的众生。"

杜瑞奴没有像往常那样结束回向,而是特地关注了玛钦拉的母亲,并喊着她的名字,再次回向给她。

当回向完磕了三个头后,杜瑞奴忍不住了,用双手狠狠地拍打她鼻子旁嗡嗡作响的蚊子。

尽管她意识到自己刚刚才接受了五戒时,立刻迅速收回双手,但已经来不及了,她的左手掌和右手掌已经猛烈地、啪的一声拍打在了一起,当她伸开手掌看时,看到手掌上重叠着的、扁扁的蚊子尸体,不止一只,而是两只。

"佛祖啊!我不是有意想杀死它们的,不算数,请收回去吧!"

杜瑞奴是个既想杀死蚊子,但又害怕下地狱的人。因此,她一边用筒裙擦拭着手掌,一边语无伦次地念叨着。

吴巴布瓦站到了床脚的扁平的磅秤上,然后俯身去看晃动着的指针,并苦笑着等待指针停止。

"唉!又少了一磅。"吴巴布瓦一边不满地看着小磅秤,一边说道。

发生这样的事,他很想责怪某个人,但他很悲伤地知道,他没有理由可以责怪任何人。

"我一直在生病,而且日益消瘦,饭也吃不好,也没有什么想吃的。是啊!这种病就是会让人吃不好喝不下的。"

吴巴布瓦垂头丧气地坐在了床上。

"尽管身体日渐消瘦,脸庞却异常浮肿,这正是疾病的症状,不知道我体内的这种细胞已经扩散到什么程度了？"

吴巴布瓦用手轻轻地抚摸着他自认为的肺部所在的位置，他的手下是皮肤，皮肤下面是肌肉，而在肌肉之下，是他那被疾病侵袭仍在辛苦工作着的肺部。

"不要让我太疼了，比起死我更害怕疼，如果是'你好不起来了，就要毁灭掉了'，那就请痛快地把我摧毁掉吧！不要一点点地拖延着时间，因为我实在太害怕将要承受的疼痛之苦。"吴巴布瓦向他胸腔里的肺发出了祈求。

"话虽如此，这些细胞不仅扩散到肺部，可能已经扩散到肝部，乃至所有的内脏。"吴巴布瓦心想。

他曾对吴甘敏医生说过："医生，我怕疼，当这种病痛降临到我身上时，你要迅速且连续不断地给我注射止痛药水。"

"唉！时间，那个时间此刻正慢慢逼近了。"

吴巴布瓦轻轻地躺倒在床垫上，心想，如果他死，可能就是死在这个地方、这个床垫上了。

"如果我死了，那兄妹三人肯定会哭的，尤其是哥吴，他的眼神总是充满了想要给予我某种帮助的渴望，是饱含深情的眼神。"

吴巴布瓦注意到哥吴总是在帮助他，有一次他因咳嗽噎到时，哥吴跑过来给他拍背；当他后背疼痛时，哥吴会用万金油涂抹在他的背部并帮他按摩，尽管他的手法并不到位，疼痛也没有消失，但是吴巴布瓦在享受着按摩的同时，心里也感到很欣慰。

吴巴布瓦随意一动手就碰到了枕头边的照片，于是他就拿过来举着看，这是张三个月大婴儿的照片，皮肤雪白、红发卷曲、眼睛乌黑，倒是和二儿子有点像。

"虽然孩子很可爱，但是在我内心，并没有强烈地感觉到这就是我孙子，就如同正在看某一个陌生小孩的照片一样。"

吴巴布瓦边看着照片边伤感起来，他知道自己永远不可能与这小孙子相

聚，也感觉到他的二儿子不会向小孙子提及，关于在缅甸名叫吴巴布瓦的长辈的情况。

"如果我死了，我想他们可能会短暂地回来一趟，毕竟还需要分配和变卖剩下的房子、土地。"吴巴布瓦心中充满了悲伤。

他沉思着，如果听到他的死讯，他的子女们会有何感受呢？他想大女儿一定会流泪，而他的两个儿子一定会感到很吃惊。

但他们一定不会悲痛欲绝，他想他们只会认为他们的父亲只是踏上了每个人都无法逃避的旅程而已。

"大……大……大伯！"

听到哥吴的声音，他轻轻地从躺着的地方爬起来，往前屋走去。

"我是来给大伯送布丁[①]的，"哥吴笑嘻嘻地说道："大伯，这是梅阿姨做的，鸡蛋布丁哦！"

"真不错呀！"吴巴布瓦称赞道。

"大伯不能吃饭，是生病了，梅阿姨还说听到了您的咳嗽声，咳得很厉害。她说要给您做能补充能量的布丁，于是就做了。太好了！大伯，现在要尝尝吗？"哥吴问道。

"嗯！好的。"尽管没有什么胃口，但吴巴布瓦还是迁就地回答道。

听到吴巴布瓦大伯的回答，哥吴显得非常高兴，他跑进饭厅拿了一把小勺，放好小勺后把布丁碗递给吴巴布瓦。

为了让哥吴满意，吴巴布瓦舀了一小勺布丁放入口中，尽管没啥味道，但他像是突然尝到了美味一样，赞叹道："好吃啊！"然后又舀了一勺。

"大伯，梅阿姨说如果您喜欢，还会再给您做。噢！电话！"

当卧室里的电话铃声响起时，吴巴布瓦感到有点心烦意乱，他已和所有朋友断绝了联系，独自过着清静的生活，若非紧急之事，是不会有人专门给他打电话的。此时此刻，他对任何人的急事都不感兴趣，坦白说他连自己的事（比如银行里关于钱的事）都不想听了。

---

① "布丁"是英语"pudding"的音译，是一种用牛奶、鸡蛋、面粉等做成的西式甜点。

"大伯，电话！"哥吴提醒道。

"你去接吧！"

"啊！我？"

"是的，就说吴巴布瓦出去了，问问是谁打来的。"

布丁柔软细腻，顺着他的喉咙缓缓滑落，从早晨开始他就没吃过什么像样的东西，现在他才感到肚子有点饿了。

"是的，这里是吴巴布瓦的家，是的，吴巴布瓦出去了，喂！喂！哎呀！爸爸！是爸爸吗？是我，哥吴！"哥吴边接电话边兴奋地大喊大叫起来。

"大伯！是爸爸，是爸爸打来的。"

因为哥吴的声音充满了欢快，吴巴布瓦似乎也跟着高兴起来。

"爸爸，我们都很好。"

"芥芥也很乖，很不错。"

"梅阿姨每天都给我们做菜，很好吃，爸爸！"

"廷大伯爷爷也来和我们一起睡呢！"

这时，哥都和芥芥闲逛着走了过来，芥芥手里拿着一包色雷枣子①，哥都手里抱着阿福。

"你们的爸爸正在打电话。"吴巴布瓦对他俩说。

"哎呀！大伯也真是的，爸爸都还没有回来的呀！"

"哈！就是因为还没有回来，所以当然就是从那边打来的了。在那边的卧室里，快点去吧！没听到正在和哥吴说着话吗？"

两个小孩起初没有立刻明白吴巴布瓦说的话。

"妈妈呢？还好吗？什么时候回来？"直到听到了哥吴的声音时，芥芥才反应过来。

"哥吴！我也要说，我也要说。"芥芥一边喊着，一边跑进了屋里。哥都似乎是想要把他手里的阿福放到地板上，又似乎是想要放到桌子上，后来

---

① "色雷"是缅语音译，是地名。色雷枣子指的是缅甸色雷市产的枣子。

又祈求般地朝着吴巴布瓦微笑了一下，才把阿福放到了吴巴布瓦的大腿上。然后就一边大喊着"我也要说"，一边急匆匆地跑了过去。

"妈妈！是我，是芥芥。妈妈还在哭吗？别再哭了，我好想妈妈，妈妈呀！"芥芥正在撒娇。

"妈妈，你们去太久了，哎呀！妈妈也真是的，都已经七天了呀！什么时候才能回来呢？啊！是明天吗？真的吗？明天吗？哎哟！太好了！"

吴巴布瓦呆呆地看着突然就坐在他大腿上的阿福。

他还从未像这样慈爱地抱过这个孩子。他一边心烦意乱地直视着睁大眼睛看着他的小孩，一边在心里暗自说道："嗯！看好了，这就是资助你金钱的爷爷，看吧！好好地看看吧！小家伙！"

吴巴布瓦一脸严肃，阿福不敢动，撇着嘴巴，一副想哭的样子，静静地等待着。

直到吴巴布瓦感觉到小孩的确很可怜，悄悄地向他露出一丝微笑时，阿福的脸上才露出了笑容，笑到露出了两颗小牙齿，还一边"咕咕"地说着话。

"咕咕是什么呀？"

吴巴布瓦一边用食指碰触阿福饱满而突起的小嘴巴，一边用手去拉他的小下巴，心里感到些许高兴。

"给！要吃布丁吗？"

吴巴布瓦想起了放在旁边的布丁碗，于是舀了一小勺喂给他吃。阿福很喜欢地吞咽下去后，又立刻向吴巴布瓦张大了尝到了甜头的小嘴巴。

"妈妈！我没有尿床，只是一次，只尿了一次，我一尿哥吴马上就扑通扑通地捶打我了，嘻！"哥都说道。

三个孩子正挤在电话机旁抢着说话。

吴巴布瓦一边聆听着孩子们的讲话声，一边给坐在他大腿上的阿福喂布丁，这让他暂时忘却了自己的病痛。

"大伯不会骂的，妈妈！是大伯叫我来接电话的，我说的是真的，大伯同意了的。"

听到哥吴的话时，吴巴布瓦的嘴角不自觉地露出了一丝苦笑。

"唉！不知道胖杜钦①是否还认为我是一个脾气暴躁、心肠不好的人？"吴巴布瓦心想。

吴巴布瓦知道，尽管吴扬威对他很热情，但吴扬威的夫人玛钦拉却对他并无好感。他刚搬来时，玛钦拉曾多次微笑着跟他打招呼，但他一脸严肃，似乎不太愿意理睬她，于是玛钦拉就再也不跟他打招呼了。

有时即使面对面相遇，她也会转过脸径直走开。阿福的事情之后，整栋楼的人，包括楼上的吴廷在内，都对他满怀感激，和他友好相处，但玛钦拉却只是很勉强地对他笑笑而已。

然而，就在他们出远门的前一晚，玛钦拉来到他的房间，用友好而感激的眼神看着他说："我们不在的时候，请帮忙照顾孩子们吧！叔叔！如果有不对的地方，也请教育他们吧！"

不一会儿，三个孩子得意扬扬地从屋里走了出来。

"大伯！妈妈说他们很快就要回来了。"芥芥在远处兴奋地喊道。

哥都一边唱着："妈妈就要回来了，嗨！爸爸也要回来了，嗨！嗨！妈妈就要回来了。"一边蹦蹦跳跳地转着圈跳舞。

哥吴看着欣喜若狂的弟妹俩，自己也感到非常高兴。他感到压在他肩上的重担，似乎一下子就轻了好多。

"仅仅是听到爸爸妈妈的声音，就足以让他们精神焕发、兴高采烈了！"

吴巴布瓦一边看着坐在他大腿上，撅起屁股，试图努力地想要跳起来的阿福，一边心里想道。

他们深爱的爸爸妈妈的声音，这将是他们最后一次听到，此生他们再也听不到了。对于即将降临的命运，可怜的哥吴三兄妹现在却还一无所知。

---

① 胖杜钦就是玛钦拉，因为她很胖，所以吴巴布瓦就称呼她为胖杜钦。

十四

吴巴布瓦还记得那天，他的客厅里弥漫着铁力木花的香气。

清晨，芥芥和玛梅菊一起去市场，芥芥买来了盛开着的、漂亮的铁力木花（实际上是玛梅菊买给她的）。芥芥喜欢花，于是把她的短发扎成冲天髻儿，并在上面戴上铁力木花。她在家里用铁力木花供佛，还在爸爸妈妈的床边插了一瓶铁力木花。

今天下午妈妈他们就要回来了，芥芥希望他们一进卧室就能闻到花香。然后她把剩下的花拿到吴巴布瓦这里，用玻璃杯插着，放在客厅里作装饰。之后，芥芥就一直注视着她的花瓶，像是在寻求认可似的问道："好看吧！"

芥芥并不擅长插花，矮小的玻璃杯里长短不一的花枝上，叶子也没有去掉，乱七八糟地插在花瓶里，并不美观。单独一枝就很漂亮、很香的花枝，密集成一团，反而破坏了花的美。真是太会搞了，吴巴布瓦失望地微笑着。

但哥吴和哥都却很支持地说："嗯！漂亮。"因为虽然他们知道芥芥插的花瓶并不好看，但他们自己也不知道如何才能把它弄得更好。

"大伯！漂亮吧？"哥吴和哥都问道。

"嗯！好香！"吴巴布瓦似解脱罪过般地回答道。

他喜爱地看着洁白的花瓣，黄色的花蕊，一边闻着浓郁的花香，一边想起了他曾经深爱的妻子。

他的爱妻喜欢花，尤其是铁力木花。他注意到，从铁力木花开始绽放时起，一直到花期结束再也找不到花为止，他爱妻的发髻上始终戴着铁力木花。即便铁力木花已枯萎，她也舍不得丢弃，而是把黄色的花蕊和黄香楝一起研磨成粉，用来搽脸。他永远记得，在缅历十二月、一月狂风肆虐的日子里，爱妻的脸颊和头发上，总是散发着浓郁的铁力木花的香气。

"长大后，我一定要做个花艺师，要去招待会、各种会议场合去帮他们插花。"当芥芥满怀憧憬地吹嘘时，哥都却对此嗤之以鼻。

"如果你真这么想，那就做好饿肚子的准备吧！"哥都嘲讽道。

"啊？为什么？"芥芥不解地问道。

"没有人会雇你的！"哥都回答道。

哥吴听后，开心地笑了。芥芥则噘起了嘴。

"吴巴布瓦的房间太热闹了，爷孙们为何笑得如此开心呢？"走进房间来的吴甘敏兴奋地问道。

他一边把手里的药箱放在桌上，一边望着哥吴说："哥吴呀！把热水壶放到炉火上，我们要给你大伯打针了。"

"大伯，她说她长大了要做花艺师，看那边，她插的花瓶。"哥都用食指指着芥芥插的花瓶对吴甘敏说。

芥芥却斜视着哥都，吞吞吐吐地说："你刚才还说它好看呢！"

"漂亮的呀！你们也真是的。"吴甘敏为了让芥芥满意，微笑着说道。然后他坐到吴巴布瓦身旁，抓住他那因发烧而滚烫的手腕为他号脉。

"还出血吗？"吴甘敏小声问道。

"跟以前一样，没有增多。"吴巴布瓦回答。

"如果突然增多或出现呕吐，就需要输血了。"吴甘敏说。

"要干什么呀？医生！是为了延长生命吗？"吴巴布瓦问道。

"不是这样的。"吴甘敏答道。

"还是为了延长痛苦？"吴巴布瓦又问道。

"不是的。"吴甘敏有点不知所措了。

吴巴布瓦苦笑着。当吴甘敏面对他因不知如何开口、如何劝导他而显得颇为窘迫时，吴巴布瓦心中竟生出一丝愉悦；看到吴甘敏因难以回答而显得

局促不安，甚至冒冷汗时，吴巴布瓦内心感到一种莫名其妙的满足。

"我长大了想当医生。"

哥吴把水锅放到火炉上煮着，然后走了出来，他颇感兴趣地低头看着吴甘敏敞开的药箱里的药品和药瓶说道。

"为什么呢？是想要像你的吴甘敏大伯一样赚很多的钱吗？"吴巴布瓦问道。

"不是的，"哥吴摇摇头回答说，"我自己感兴趣，还有是爸爸也想让我当医生。"

"你爸爸一定知道，如果老师去上补习班的课，比医生赚的还要多呢！"吴甘敏逗哥吴说。

然而，哥吴却平静地回答说：

"听说爸爸小时候对医生很感兴趣，想成为一名医生，也为之努力过，但因为十年级毕业时分数稍微差了一点点，就没有机会成为一名医生。听说那时爸爸因为没有机会学习自己想学的专业，还哭过呢！"

一脸打趣的吴甘敏突然变得严肃起来，他还没把手里的体温计放入吴巴布瓦的口中，就呆呆地看着哥吴。

"听说爸爸的很多朋友都已经成为医生了。"哥吴继续说道。

"他们被认为是更优秀的，不是吗？"吴甘敏一边似乎是在观察着哥吴，一边小声问道。

哥吴正低头看着压在桌面玻璃板下吴巴布瓦儿女们的照片，淡淡地说：

"但是国家就损失了，爸爸说的，国家就损失了。"

这时，吴巴布瓦有点想笑了。他想，即便哥吴的父亲哥扬威一人没能成为医生，缅甸这个国家也没有理由遭受损失呀！尽管哥吴没有成为一名医生的儿子，但医科大学每年都在为缅甸这个国家培养所需要的医生。

"为什么会有损失呢？虽然你爸爸没有成为医生，但其他人已经成为医生了，不是吗？"吴巴布瓦忍不住问道。

哥吴看了吴巴布瓦一眼，轻轻地叹了口气，似乎是在斟酌措辞，静默了一会儿后，他才小声回答：

"但是爸爸说，在这些人当中，有的人成为医生后，就离开了缅甸。"

吴巴布瓦惊讶地看着哥吴。他感到眼前那个十三岁的小家伙消失了，取而代之的是四十多岁的吴扬威。

对于以十年级考试成绩为标准，来区分并规定谁适合学什么专业这种制度，有多合理，又有多错误，吴巴布瓦不想做任何争论。

但他的大女儿，一个从未对教育感兴趣，也未曾打算给孩子们上课的大女儿，的确是获得了教育学学士学位；而想要成为医生的二儿子，最终的确是攻读了建筑学。

吴巴布瓦心想，在二儿子学习他不感兴趣的建筑学知识时，那些真正想学习建筑学，但分数又比儿子少一点点的其他人，一定也像哥吴的爸爸吴扬威一样痛哭过。

"因此，爸爸希望我能成为医生，是因为他没能当上医生。"哥吴结束了他的话。

房间里突然安静了下来。可怜的哥都和芥芥也都沉下了脸，他们以为哥吴是在和大人们顶嘴，感觉对不起大人，因而似乎感到很难为情。

"爸爸说，如果他们本来就不打算在这里生活，就不应该拿走这里的学位。"沉默了一会儿后，哥吴又接着说道。

"当然了！"吴甘敏痛快地说道。他一边用力捏着哥吴的肩膀，一边由衷地笑着说：

"当然了，孩子！你说的当然是对的。"

吴巴布瓦却有点难为情了，像这种想法，他以前从未想过。

他立刻想起了他的三个子女都通过了有人数限制且要进行审核的职业技术学校，全都学会了国家教给的职业技术知识，并获得了学位这件事。

如今，他的子女们都已远赴异国他乡，似乎也没有回国的打算。

吴巴布瓦又想起一位朋友的话："我不看重这个国家，而且带着这里的学位出国也难以找到工作。要想学好并成为一名医生，谈何容易，在那边是

很难的，钱也要花很多。"

接着他又想起，他的这位朋友并没有让他那获得了医学学位的五个子女在缅甸工作，而是在他们毕业之后，就一个接一个地将他们送往香港。

这五个孩子都是在缅甸获得学位之后才出国的，当他们全部到了国外，他们的父母也随之移居国外了。

"大伯对你说的话很满意。"吴甘敏这样说的时候，哥吴感到有些害羞了。

"这些都是爸爸告诉我的，我只是转述他的话罢了。"哥吴腼腆地说道。

"嗯！也要感谢你的父亲，因为他曾经像这样教导过自己的子女。"吴甘敏回答道。

吴甘敏遇到过的很多人，他们既不承认，也不想知道祖国为培养他们所花费的费用。

更糟糕的是，普通人不清楚还情有可原，但一些受过教育且获得学位的年轻人，明知故犯，假装不知情，也不听劝告，还理直气壮地说："有什么需要感谢国家的呢？我们上大学又不是免费上，每个月还要交三十五缅元的学费呢！"每当听到这样的言论时，吴甘敏只能是连连叹气。

对于那些每月交付三十五缅元学费就认为自己已经支付过大学老师的薪水、校舍维护费和实验室物资费的年轻人，他既感到惊讶，也深感失望。

像哥扬威这样教导子女的父亲，已经非常罕见了。

虽已罕见，却依旧存在，吴甘敏感到很欣慰。

"哥吴，你知道我们的国家最需要的是什么吗？"吴甘敏问道，哥吴不知道如何回答。

"最需要的是觉悟。我们的觉悟还很低，就在昨天我去散步时，看到一家人门前，有个人正在生气地破口大骂，为什么呢？因为市政厅要砍掉他种在沟渠外路上的番石榴树。他认为他房前的土地是他自己的。他不知道沟渠外的路上是不允许私人种树的，这不仅是这个国家不允许，任何国家都不允许。他认为，在他种的树快要结果实的时候才叫他砍掉，是侵犯了人权，因此他大发雷霆。"吴甘敏说道。

哥吴呆呆地望着吴甘敏，他见过很多人因为树要被砍掉而勃然大怒。

"还有，从过马路说起，人们不想走人行横道线，哪里方便就从哪里过。看到苏雷大马路和昂山市场前的马路中间，还得用铁丝网拦起来了吗？哥吴，这铁丝网就是我们缅甸人还需要提高觉悟的证明。如果大家都能有序地从规定的地方过马路，那还需要这些铁丝网吗？吴巴布瓦，不知你有没有这样的感受？一想到某个外国人可能会笑着说，你们这里连过马路都要用铁丝网来阻止这样的话时，我就无法忍受。"吴甘敏继续愤愤地说道。

"先别无法忍受，吴甘敏！就因无法忍受，现在拆除铁丝网看看，肯定又会出现随意过马路的情况了。"吴巴布瓦故作平静地说道。

虽然嘴上这么说，但想到自己可能就是那些人中的一个时，吴巴布瓦不禁想笑。在没有铁丝网之前，他就是一个会把车停在瑞波达路上，然后快速穿过昂山路的人，他没有耐心要一直走到新昂山市场前的人行天桥再过马路。

吴甘敏大伯和爸爸很像，想到这，哥吴不禁笑了起来。他的父亲吴扬威也曾经说过："在我们这个连路边冷水架上的小水杯都需要用绳子绑的时期，我们的民族是无法迈向世界前列的。"就是像这样经常会谈论关于觉悟和纪律的父亲，居然有一次也因从方便的地方过马路而被罚过款。

"爸爸说，道理都懂，但在日常生活中，人们往往会疏忽大意，甚至连我自己有时也会产生想要越过铁丝网快速过马路的想法。"哥吴说道。

"所以说，连最基本的过马路要走人行横道线的道理，都还没能深入人心，如果违规被抓，人们还会抱怨。"吴甘敏说道。

"这倒也是，要是被抓到，肯定会抱怨的。"吴巴布瓦严肃地表示赞同，若他被抓，他也一定会生气的。

"所以说，我们还需要提高觉悟，为什么会被抓呢？如果你没有违反任何纪律的话……"

吴甘敏的话还没说完就停住了，一辆四轮车停靠在了屋前，同时还传来了"是的，门牌号就是52号"的说话声。

从车里下来了四个人，两男两女。

"吴扬威的家是这里吗？"一个皮肤黝黑、鼻梁高挺的人问道。

当他看到从座位上站立起来的哥吴时，"噢！"的一声用食指指着哥吴后就停住了，没有再继续说下去。

"哦！叔叔！"哥吴喊道。

哥吴对他很熟悉，是爸爸的朋友吴韶。哥吴还记得他是瑞波楼的楼长，有着几个可爱漂亮的女儿。

"爸爸出远门了，叔叔呀！因为外婆去世了。"哥吴解释道。

"嗯！是的！"吴韶点头道。

"说是昨天就回来了，要在路上住一晚，大概下午才能到家。"哥吴又说道。

"是吗？"吴韶反问道。

尽管哥吴机灵地说着，但吴韶看起来很不高兴。他一边回应着哥吴所说的话，一边望着哥吴后面的哥都。当芥芥正吃力地抱着阿福，咧嘴朝他笑时，吴韶的脸一下子阴沉了下来。

"大伯，这是爸爸的朋友们，这位叔叔是吴基旺，直通楼的楼长；这位叔叔是吴韶；那些阿姨是……"

"她们也都是系里的老师们。"吴基旺回答道。

女老师们没有进屋，芥芥看到她们站着在和梅阿姨交谈，然后进了梅阿姨的屋里，于是芥芥笑着进来说："这些阿姨是梅阿姨的朋友们。"

虽然孩子们没有注意到，但吴巴布瓦注意到了，到来的四个朋友的眼神、脸色都十分异常。

"哥吴呀！快点请客人们坐呀！"吴甘敏提醒后，两位老师才走进客厅坐了下来。

安静了片刻之后，吴基旺说："这地方很不错，离集市近，离学校也近，离车站也近。"吴韶老师也接着说："小区也很干净。"他们俩努力地朝着原本就在这间屋子里的、正在观察着他们俩的其他人露出笑脸。

"他们到底是来做什么的？"吴巴布瓦心想，他们不可能是为了谈论小区很干净、位置好等情况才来的。这时，玛梅菊进来叫孩子们。

"梅阿姨煮了些西米露，都来喝吧！客人们要和大伯们说话。"

玛梅菊一边从芥芥手里抱过阿福，一边说道。然后轻轻地搂着哥都的肩膀，带他离开，同时回头看了一眼吴巴布瓦他们。玛梅菊的眼神里充满了惊恐。

吴巴布瓦感觉到玛梅菊通过眼神在传递某种信息，他注意到玛梅菊虽面带微笑，但那笑容却毫无生机。

"梅阿姨，怎么了？"哥吴问道。

他内心感觉有些不安，立刻觉察到大人们似乎在对他们隐瞒着什么事情，他想起了父亲带来外婆去世的消息时，就是这种表情。

"发生了什么事？梅阿姨！"哥吴又问道。

"没什么！"玛梅菊回答道。

玛梅菊的声音有些颤抖，然后她揉着眼睛说："昨天辣椒渣进去了，到现在还在辣疼。"

玛梅菊把三个孩子都带到另一边的房间后，两位老师才深深地松了口气，那假装出来的笑容也从他们的脸上消失了，取而代之的是伤心、难过、害怕、惊恐的表情，这些表情逐渐在他们脸上清晰地显露出来。

"早上电话打到我们系里来了。"吴韶开口说。

竖着耳朵听的吴甘敏，突然间垂下了头，他立刻意识到他们带来了某个难以启齿的坏消息。

"昨天，汽车，唉！哥扬威老师他们坐的车，在到达良鸠之前，因为车轮子脱落从山上翻落到山沟里去了。"吴韶继续说道。

"佛祖啊！佛祖啊！"

吴巴布瓦从未求过佛祖，此刻却求起了佛祖。他失神地凝视着吴基盛老师那和蔼可亲、朴实的圆脸庞，一边想道："我想一定是我听错了。"

"就这样！就这样！车着火了，他们两人，还有其他很多的乘客，全都留在了那个地方。"

吴韶老师话还没说完便停住了，他那炯炯有神的眼睛里涌出了清澈的泪水。

"天哪！天哪！这不可能是真的。"

吴巴布瓦下意识地将他手里的铁力木花捏碎，内心反复回荡着"他们两人都留在那个地方了"这句话，同时因惊恐而颤抖起来。

"这么说，他们，他们……"吴巴布瓦难以置信地问道。

"是的，昨天就去世了。"吴韶回答道。

吴巴布瓦感觉到铁力木花的芳香正从房间里飘散出去，他的胸口突然一阵窒息般的疼痛，他在心里怒吼："该死的是我，正在等死的是我，为何我没有死，毫无关系的他们却死了呢？"同时又咳咳咳地咳嗽起来。

"我要如何告诉孩子们呢？也不敢如实说，瞒着的话又能瞒多久呢？"吴韶问道。

两位老师满怀希望地看着两位老爷爷。

"我们认为，像叔叔们这样的邻居，在关心照顾和劝慰孩子们的同时，是能够把真相告诉他们的。"吴韶继续说道。

吴甘敏的额头上渗出了汗水，面对三个满怀期待等待父母回家的未成年孩子，谁能忍心说出"你们的父母都死了，回不来了"这样的话，谁又能说得出口呢？

吴巴布瓦一边用手按着自己的脖子，努力地想要止住咳嗽，一边反复在心里想："会死的是我呀！"

"大伯！"哥吴撕心裂肺地吼叫着，发疯般地跑了进来。

"听说爸爸他们坐的车在山上翻了？"

"是的。"

哥吴的声音尖锐而粗暴，而吴巴布瓦的声音却卡在喉咙里，没法顺畅地说出来。

"听说爸爸他们受伤了？"

"是的。"

吴巴布瓦惊慌失措地看着正在发抖的哥吴，如果哥吴再继续追问"爸爸他们都死了吗？大伯呀！"，他要怎么办呢？要如何回答呢？他边想边感到胸口一阵窒息，额头上渗出了汗水。

"听说妈妈也受伤了？"哥吴又说道。

"是的。"吴巴布瓦点点头。

随后，吴巴布瓦怀着"不要太担心了"的意思，像安慰似的努力地想对哥吴微笑，最终他也真的朝着哥吴露出了微笑。

但机灵的哥吴立刻就注意到，他的笑极不自然，脸色也很苍白。

因此，哥吴立刻觉察到大伯是听到了爸爸他们的消息，而且这个消息比他自己所听到的要更加糟糕。

"请如实地告诉我吧！叔叔们呀！"哥吴战战兢兢地向吴韶老师他们请求道：

"伤到哪里了呀？是手吗？脚吗？还是头？"

吴基旺没有回答，他欲言又止，最终只是默默地吞咽了一口口水。吴韶老师则努力地想要安慰哥吴。

"孩子，叔叔们也还没有看到，具体情况确实不太清楚。"

"那么叔叔们知道什么呢？叔叔们把所知道的都告诉我吧！"

哥吴努力让自己镇定下来，但却难以做到。

"在弟弟妹妹们来之前，请让我知道真相吧！爸爸妈妈他们到底怎么了？"哥吴满怀希望地急切地看着大人们的脸，但没有人敢与他对视。

吴巴布瓦低头看着桌子，吴甘敏注视着铁力木花，吴韶和吴基旺老师他们也只是凝视着哥吴那颤抖的手指。

哥吴全身瞬间变得冰冷，他明白，随着车翻滚下去的爸爸妈妈，不仅仅是受了伤，他们已经遭遇了最坏的情况。这一情况如同一把锋利的尖刀，一

刀一刀刺进他的心里。

"不要骗我!"哥吴大喊道。

他想要向前迈出一步时,却突然向后踉跄地退了一步。

"不要骗我。"哥吴像个梦游的人一样,一边重复说着这句话,一边一步一步向后退着。

当他的后背贴到了墙上,再无退路时,哥吴如同一头困兽,无处可逃,眼睛瞪得圆圆的。

"爸爸会回来的,对吗?叔叔,妈妈也很好吧?什么事都没有吧?"虽然嘴上说着"不要骗我",但是哥吴内心却渴望被欺骗。

然而,眼前满眼泪水看着他的大人们,此刻已不再试图欺骗他了。

"冷静点,孩子呀!你是老大,不是吗?"

两位老师从座位上站起来,走向哥吴。

"还有弟弟和妹妹的呀!你必须要控制住自己才行。"

当哥吴从两位老师的眼神里看到了真相时,他忘记了呼吸,感觉锋利的刀刃直刺入他的五脏六腑。

随后,这个令人难以接受的残酷真相,缓缓渗透进他体内正在流动着的血液里。这个事实宛如一块巨大的黑色毯子,渐渐覆盖住他的整个身躯。

"爸爸呀!回来吧!快点回到我们身边来吧!妈妈呀!"哥吴用尽全身力气,想要将这呼唤吼出声来。

但这声音并未冲出喉咙,而是在胸腔中消散无踪。

爸爸妈妈离他们而去了,尚未走远,他若奋力追赶,或许还能追得上,他要紧紧抓住他们的手,不顾一切地将他们带回来。哥吴心想。

"妈妈!"哥吴用双手擦拭着脸颊上的泪水,并声嘶力竭地呼喊道。

他挣脱了那些扶在他肩膀上的手,拼命地向外跑去。

"哥吴,别跑!"吴甘敏担忧地大声呼喊道。

马路上车辆川流不息。

"哥吴!"吴巴布瓦也焦急地大声呼喊道。但他力不从心,无法跟在哥吴后面追出去。他的身体沉重如巨石。

"哥吴，孩子！"

突然出现在门口的哥高泰，瞬间明白了一切，他强行抱住了疯狂奔跑出来的哥吴。他将那冰冷颤抖的小身体紧紧搂入怀里，满怀同情地安慰道："孩子呀！还有高泰叔叔在呢！"

十五

这一次，吴廷没有发酒疯，头却一阵阵地疼痛。孩子们心碎的哭声，如同利刃一般，刺痛了他的心。面对三个曾在父母怀抱中无忧无虑的孩子，他们的未来生活，他不忍心去想，他也不知道该如何安慰他们，如何止住他们的泪水。

"听说他们两人都死了，这是真的吗？到底是不是真的？"吴廷难以置信地想道。

别说是孩子们，即便是他这样已经年过六旬的老头子，也不敢相信这件事情，心中尚存一丝幻想，希望这只是某个人在严肃地开着玩笑。明知不可能，但仍在默默祈祷，希望这一切真的是某个人在开玩笑。

他的儿子哥高泰，一边悲痛欲绝地说"哎呀！太可怜了！"，一边长长地叹了口气。

玛梅菊紧紧抱着哥都和芥芥，虽然嘴里一直在劝慰"孩子们，别哭了"，但她自己的眼泪却始终停不下来。

最糟糕的是杜瑞奴老奶奶。

"老天啊！怎么会这么悲惨呀！玛钦拉呀！"她的哭喊声穿透了左邻右舍。她抓住正在抽泣的芥芥的双肩，摇动着，不识相地说道："芥芥呀！小孙女呀！你妈妈回不来了呀！"

"有一点倒是好的，我看她不顺眼，我心里的难受当然就减少了。"杜瑞奴口不择言地说道。

突然之间，这个家就变成了办丧事的场所。他们所住的楼房里，人来人往，变得异常嘈杂。人们上上下下、问东问西，使得玛梅菊母女俩完全没有了空闲。在繁忙的喧嚣中，原本轮流照顾阿福的芥芥兄妹们无暇顾及他时，这个小家伙便来到了吴廷的手里。

吴廷抱着阿福，时而踱步，时而沉浸在对哥扬威和玛钦拉夫妇的悲痛回忆中，时而对孩子们的不幸感到同情，时而对杜瑞奴心生不满。就这样，他在心力交瘁中度过了漫长的几个小时。

傍晚时分，波木和波夸兄妹俩带着满脸的忧伤到来，从吴廷手里接过了寂寞无聊得昏昏欲睡的阿福。

"太感谢你们兄妹俩了！"

吴廷倚靠着厨房的墙壁，疲惫地坐在水泥地板上。

他不愿与任何人交谈，当他面对芥芥兄妹时，他感到心情很沉重。他只想在一个无人的角落里安静地坐着。

他只想喝得酩酊大醉，以逃避那些惊恐、害怕、可怜、伤心等痛苦的情感。

"哥扬威和玛钦拉都还年轻，对社会还有价值，至少三个孩子还需要他们。"吴廷心中暗想。

然而，死神是无情的，它不会因年龄大小、社会需要或个人价值而有所区别。

"我已经六十多岁了，在这个世界上已无用处，我的离去不会给任何人带来损失。"吴廷"唉"地长叹一声。

"我这一生，从未特意做过任何一件有功德的事情。"吴廷又想道。

吴廷反思着自己的过往，他从未做过一件与布施、戒律、禅修相关的功德，每念及此，他的心中便感到很沉重。

吴廷深知，没有善行的人，死后难以抵达好的地方、好的世界。

尽管他未曾虔诚地信仰过佛法，但他却相信来生和因果轮回的存在。

"如果我也像哥扬威他们那样突然离去……"吴廷呆望着一只从碗橱下面窜出的蟑螂，心里充满了沉思。

"或许会下地狱，若有幸逃过，或许会变成动物，唉！甚至沦落到像那只蟑螂一样卑微地生存着。"吴廷继续想道。

每当想起用扫帚拍打蟑螂，并将那些半死不活的蟑螂扫出去的情景时，吴廷的内心便涌起一股难以言说的不适。

暮色悄然降临时，吴廷感到再也无法在家里待下去了。他低着头，弯着腰，来回踱步，不知不觉地走出了家门。像往常一样，他要去喝酒，随后又像往常一样地沉醉于酒精之中。

"但今天与往常不同，我比往常更想醉，想醉到能忘却一切。哥扬威夫妇、哥吴兄妹，还有……还有……这该死的死神！"

吴廷尚未喝酒，却已感醉意，头部沉重且疼痛，他感觉那被他遗忘已久的死神，又回到了他的身边，似乎在威胁他说："不要忘记我！"

他仿佛再次看到了死神那冰冷而潮湿的大黑手，它不仅带走了他的父母双亲、兄弟姐妹、亲朋好友，甚至连他的儿媳妇和小孙子都未能幸免。他再次感受到了那撕心裂肺般的痛苦，仿佛又听到了那痛不欲生的哭泣声。

"虽然不知道死神何时会降临，但是终将会轮到我的。"

当吴廷想到自己终将会面对死亡的那一刻时，感到后背一阵发凉。但他却试图努力地挤出一丝轻蔑的微笑，然而并未成功。他并不害怕死神本身，但当他想到死亡之门背后的来世时，却不禁感到一丝恐惧。

"哦！可能是有法会吧。"

当吴廷走近妙登丹经堂时，就看到人们正热闹非凡地忙碌着。经堂里人头攒动，连站在路边的人也不在少数，因为里面已经没有空位了。

"到底是哪位大法师要来呢？"吴廷不经意地问道。

"是山区讲经的大法师[1]！"吴廷旁边的人回答道。

"哦！"

吴廷一边拉长声调地说着"哦！"一边在心里回想着关于那位大法师的

---

[1] 缅甸分为高山地区和平原地区，不同地区有不同的佛法传教大法师，这里指的是负责高山地区传授佛教的大法师。

情况。因为他向来远离佛法，所以他从未亲自朝拜过这位大法师，但他曾听说过，当这位大法师念诵消灾经时，盛放消灾经水的水壶里的水会沸腾，甚至还会溢出来。

"是那位盛放消灾经水的水壶里的水会沸腾的大法师吗？"吴廷再次询问道。

"是呀！"站在吴廷旁边，身着棕色格子笼基的人点头回答道。

"像这样水壶里水沸腾的情形，你亲眼看见过吗？"吴廷犹豫着是否该问，但他的好奇心驱使他直接发问了。

"瓶子里的水溢出来我倒是未曾见过，但瓶子里的水沸腾冒气泡的情形，我倒是亲眼见过。"那人回答说。

"是吗？"吴廷感到很惊讶。

"是的，用手触摸瓶子时，也能明显地感觉到一阵阵地发烫。"那人又说道。

"每一个瓶子都这样吗？"吴廷继续追问道。

"不是的，当时我也为了求消灾水，也放了个瓶子，但我的瓶子依旧是冰凉的，这或许与瓶子主人的修为有关。"那人又回答说。

吴廷暂时忘记了酒馆。他早已听说过这位大法师的事迹，现在心想，既然偶遇，便决定前去朝拜一下，于是他依旧站在原地。他想，如果朝拜了大法师，或许不仅能减轻他内心的痛苦，也能平息他脑海中的纷扰。

"人们总是思考如何生存，却忽略了死亡，所有人都在为好好生存而奋斗，却未能花时间去思考如何善终。"从他身旁走过的两位妇女说道。

她们都穿着棕色的筒裙，各自手里拿着缠绕着佛珠的消灾水瓶子。

"唉！我这个家伙，连好好生存都未曾努力过，更未深思过善终之事，哈哈哈！"吴廷试图让自己笑起来，却发现自己更想哭了。

他似乎生平第一次后悔那些逝去的时光，那些被他虚度、浪费掉的时光。他想，尽管他的儿媳妇和孙子未能唤起他的这种感悟，但哥扬威和玛钦拉却已经让他感悟到了。

"是啊！死神不会提前预警，总是在不经意间突然降临，将我们带走。因此，我们应该时刻准备着。"那位曾向吴廷提及消灾经水壶里的水会沸腾的、身着棕色格子筒裙的人，转身对站在他旁边的、身着掸族裤子的人说。

"谁又能真正准备好呢？"吴廷心里涌起一股酸楚。

"难道我们要把死神当作贵宾般迎接吗？呸！不想说了。"

吴廷对死神心生不满，但想到自己在布施、戒律、禅修方面的不足，就会感到心灰意冷。他又想起了哥扬威和玛钦拉，他努力抑制着内心的颤抖。

"我已经尽了应尽的义务，该捐的捐了，该给的给了，现在退休了，时间充裕，可以专注于修习戒律和禅修了。即使面对死亡，我也无所畏惧了。即使无法再精进，至少也不该让自己退步。"身着掸族裤子的人说道。

吴廷只能苦笑着，同时做出准备离开这个地方的样子，关于死亡的话题，他不想再继续听下去。

但他未能离开。

因为大法师来了。

"既然来了，就拜一下吧！"吴廷一边心里这样想道，一边为了能更清楚地看到大法师而爬上了砖凳站着望。

大法师被迎接他的人群簇拥着，吴廷无法看清他的面容，但当大法师坐到为他准备好的位子上时，周围的人群便散开了。

"你看，熙熙攘攘地朝拜他的人还真不少！这些人还能继续朝拜多少年呢？未来的四五年、十年，算了，就算是二十五年吧，唉！二十五年的话也已经快要过去一半了。可以肯定的是，在未来的一百年里，现在在这里的所有人都将不复存在了。"吴廷从高处俯瞰着那些熙熙攘攘坐着的人群，心中不禁感叹道。

"唉！若我能再活十年，那也算是上天的恩赐。毕竟我已经虚度了六十多年的时光。"

吴廷的目光在人群中寻找着大法师。

"佛祖……"吴廷心里默念着，尽管这是他平生第一次如此虔诚，却感到一种前所未有的震撼，因为坐在讲经台上的大法师，双目正望向迎面而坐的观众，同时与他的目光不期而遇了。

吴廷惊呆了！他一边回望着大法师那双充满感情、清澈明亮、温柔的眼睛，一边低下了头。他如同一个犯了错的孩子，心脏咚咚咚地跳个不停。

"时间不多了，继续沉溺于愚昧之中，在生命的轮回中，必将惨败。"吴廷感觉到大法师仿佛在这样告诫他，他确信这是他亲耳所闻。

当他双手合十，抬头仰望时，大法师的目光已不再停留在他身上了。

"我很坏……曾经真的很坏。"

他如同一个站在父亲面前等待责罚的顽劣的孩子，想哭的冲动不禁油然而生。

"是的，明明知道了，如果还要继续错下去，那我必将惨败。"

吴廷扑哧扑哧地不停地眨着眼睛，努力抑制着在眼眶里打转的泪水，同时回想起已经离世的父母、亲戚、好友来。

他们这伙人在人世间的这趟旅途，是输还是赢？吴廷仿佛看到了那些在人间与愤怒、贪婪、愚痴为伍，最终离开了人世的人们。

他们将何去何从呢？吴廷沉思着，同时一股深深的疲惫感油然而生。

突然间，吴廷产生了一种想要切断对尘世依恋的执念，仿佛已经生无可恋了。

"我从未有过这样的感觉。"吴廷不禁对自己感到很惊讶。

尽管他的一生中没有积累太多财富，没有好好享受过，也不是很快乐，但他却依然对人生怀有深沉的热爱与迷恋。即使是冷清而乏味的人生，他亦曾真切地沉醉其中过。然而如今，他对这种人生的迷恋之心、亲近之心已如枯竭之泉，取而代之的，仿佛是一种深深的厌倦。

"不仅仅是这一生，整个轮回的生生世世我都要一败涂地吗？"吴廷一边努力平复心绪，一边凝视着大法师。

大法师垂下眼睑，正在引领着众人念诵戒律。起初吴廷心不在焉，甚至未曾留意大法师所念为何？众人跟念的又是何言？直至"不邪淫"之声传入

124

耳中，他方才恍悟："哦！原来是在念诵五戒呀！"他虽站立双手合十，却未随声跟念，而是在聆听中沉思。

此刻，大法师环视了四周，目光短暂地停留在沉思中的吴廷身上，那充满深情的双眼与吴廷那如麻醉未消散般迷离的眼神，再次交会数秒。

"不饮酒。"大法师继续念道。

这句话对于其他人来说，或许只是一句戒律，但对吴廷而言，这声音却如同持续不断回响的钟声，一阵阵刺痛他的内心。

"在轮回中，我也将失败，将终结吗？"他的大脑仿佛在一遍又一遍地告诫自己。

吴廷愣了几秒，然后将胸前合十的双手抬至额前，深深地叹了口气，随后坚定地跟着念诵起来。

"不饮酒。"

"一切都结束了，佛祖！"

十六

当楼上的吴廷彻底戒酒的消息传来时,吴巴布瓦并未立刻相信。不只他如此,众人都已深信,这个老头早已被酒精完全俘虏了。

如今,吴廷一边服用着吴甘敏开的补药,一边饮用大法师的消灾水全力以赴地戒酒。对于那些出于关心而询问他身体状况的人,他总是平静地回答说:"重要的是内心,只要能战胜内心,这副躯体甚至能飞上天,在空中翱翔!不是吗?"

他的老友杜瑞奴却心存疑虑,在背后议论说"他可能在消灾水里掺了酒,所以不能全信他"。

哥高泰则惊讶地说:"我从没想到父亲会如此果断、坚定地战胜了自己的心魔。"

吴巴布瓦却相信,吴廷能够彻底地戒掉他正在努力戒除的酒瘾。

"唉!哥扬威夫妇的意外去世,竟促使吴廷戒酒。这也算是不幸中的万幸了。"

吴巴布瓦一边看着呆坐在他面前的哥吴,一边沉思道。哥吴虽凝视着桌上作为装饰而摆放着的白石大象,却似乎视而不见。他的眼神黯淡无光。

"哥吴,你正在想什么呢?"吴巴布瓦问道。

"就这样了,大伯!"哥吴用微弱的声音回答后,便低下了头,从地板上捡起一朵枯萎的铁力木花,静静地在手里把玩着。

"唉!头七布施斋饭超度亡魂之后,一切就结束了,这也算是人生的最后一件事了。"吴巴布瓦想道。

昨日，为哥扬威夫妇操办了头七布施斋饭超度灵魂的仪式。对于行走于人世间的每一个人而言，头七布施斋饭超度灵魂的仪式，便是他在人世间的最后一程了。

随着仪式落幕，一个人的一生，便真正画上了句号。

吴巴布瓦凝视着墙上悬挂着的日历，那上面用黑字清晰地记录着每一个日期，他心中暗想，这些日期中，总有一天也将会是属于他的头七布施斋饭超度灵魂仪式的日子。那一天将会是哪一天呢？在那一天，又会有谁来送他最后一程？他们会如何谈论他的情况？如何评价他的一生？如何争议他这个人呢？

吴巴布瓦认为，如果有人评价他说："真是一个高傲且爱吹嘘的老头子啊！"此时，哥吴兄妹定会反驳说："大伯的脾气很好，请不要这样说他。"

"在我人生的最后时光里，能与他们相遇，我感到无比欣慰。"吴巴布瓦想道。

在那个狭小的房间里，他紧闭房门，内心和思想也随之封闭起来，孤独地生活着，呼吸不畅，感到窒息的那种日子已经持续很久了。直到这些孩子们的到来，才仿佛为他那紧闭的大门自动打开了一丝缝隙，好让习习微风得以吹进来。吴巴布瓦感到，他从窒息的痛苦中得到了一丝解脱。

"现在他们就像是被热水浇灌的花朵一样，全都枯萎了。"吴巴布瓦继续沉思道。

曾经洋溢在这个坐在他面前的、十三岁孩子身上的快乐、积极、自由、轻松突然之间消失得无影无踪了。取而代之的，是他脸上交织着的悲伤与忧虑。

"我要如何做才能让这些孩子像从前一样欢笑，像从前一样快乐呢？"

吴巴布瓦此生中，从未像现在这样忧虑和苦恼过，当听到孩子们的哭声，看到孩子们通红的眼睛和浮肿的小脸蛋时，他感到这比他自己身患癌症还要更加痛苦和悲伤。

他们的父母能死得安心吗？在承受了剧烈的痛苦之后，在肉体与灵魂尚未完全分离之际，他们心中会有何想法？他们会为何种事情而忧虑呢？想到那三个被留下的、无依无靠还未成年的子女，他们的心灵将遭受怎样撕心裂肺般的痛苦呢？

吴巴布瓦不愿再继续深想下去，于是他摇了摇头。这样的事情，别说是遇到了，即便只是想象，也足以让人感到胸口窒息般地疼痛。

"我还是幸运的。"吴巴布瓦生平第一次感到自己很幸运，心中充满了欣慰。

"我没有任何后顾之忧，也没有任何情感可留恋。"

无论是对财富的留恋，还是对子女的情感，他都认为自己能够努力放下。对于这一生，他所拥有的（根据佛教教义，他隐约明白实际上并不存在真正地拥有）楼房、家园、土地和金钱，他该布施的都已经布施，该作为遗产留给子女的也已经安排妥当。

之所以能如此有序地做好安排，是因为他能提前预见自己的死期。

"我能提前知道我快要死了，从另一种角度想，也算是我的幸运。"吴巴布瓦领悟到了"祸兮福之所倚"的道理。

"我正为知道自己的死期而感到悲伤。但实际上，自从成为有生命的众生之一以来，每一个生命都有其死期，对此谁又能逃避呢？哥扬威他们突然面对死期，对于自己的死亡也好，对于活着的人们也好，无法做任何准备。"

吴巴布瓦的思绪又回到了呆坐在他面前的哥吴身上。

"现在这些孩子们该如何继续他们的生活呢？"

为了哥吴他们兄妹，他的内心充满了焦虑和担忧。作为最亲近的亲戚，玛钦拉妹妹的到来（实际上来的人是妹妹的丈夫）才使他能有机会具体了解对他们未来生活的安排。

"我们可能要跟随德叔叔走了。"哥吴声音微弱地对吴巴布瓦说。

"你们还有其他亲戚吗？"吴巴布瓦问道。

"不清楚，大伯！头七布施斋饭超度灵魂仪式上，父亲的堂姐基基盛曾问过芥芥，是否愿意跟她一起去生活？"

"只问芥芥一个人吗？"

"是的。"哥吴感到胸口堵得慌。

父亲曾直视着他嘱咐道："照顾好弟弟和妹妹哦！"这些话语他没有忘记，直到现在仍在他耳边回响。

哥吴当时也坚定地回答道："放心吧，爸爸！我会照顾好的。"然而，在目前的困境下，他连自己都无法依靠，因为他无力挣到一分一厘。

"她喊的话，你们当然要跟着去了。"吴巴布瓦说。

"是的。"哥吴的头垂得更低了。

"想跟着去吗？"吴巴布瓦又问。

哥吴沉默不语。那些与父母一起共度的、快乐的、安全的、温暖的、无忧无虑的日子，这样的日子，无论何时，他们都再也无法拥有了。

虽然德叔叔和妙婶婶是他们最亲近的亲戚，但由于鲜少见面，哥吴对他们仍感到陌生。然而，对于妙婶婶的孩子觉觉、昂昂和都都，哥吴却从心底里感到一种亲切。他们小的几个倒是从心底里感到很亲切。

尽管一年难得一见，但每次相见时，总能一见如故，立刻欢聚一堂，一起快乐地玩耍。

但芥芥有时任性，哥都也很淘气，而作为子女的觉觉、昂昂也被溺爱，有时会显得很顽皮，像这样他们一起玩耍时，难免会有争执和打闹。哥吴想到这些，心情变得愈发沉重。

"哥吴！"吴巴布瓦轻柔地呼唤道："你想怎么办？"

哥吴没有看向吴巴布瓦，只是轻轻地摇摇头。不论你想做什么，不想做什么，该发生的在它该发生时自然会发生。尽管他只有十三岁，但哥吴已隐约懂得了即使努力追求也未必能得到想要的，而不愿面对的也往往无法逃避的道理。

"哥吴啊！大伯知道你不愿跟着去。"吴巴布瓦继续说道。

吴巴布瓦话音刚落，哥吴勉强挤出一丝微笑，却无法抑制在眼眶中打转的泪水，只好悄悄地用手背拭去。

　　"大伯，德叔叔和妙婶婶他们都是心地善良之人，他们也很爱我们。"哥吴委婉地回答道。

　　吴巴布瓦心痛地凝视着哥吴，看着他那乖巧而懂事的模样，心中不禁感慨道：是否这个孩子已经领悟到了"我们必须先做好该做的，然后才能去做想做的"这一道理。

十七

然而，当现实真正降临时，情况却截然不同了。

"唉！这么说我们三个人不能在一起生活了吗？"芥芥的声音里充满了惊讶与悲伤。她的小脸蛋涨得通红，身体微微颤抖，她紧紧抓住大哥哥吴的手臂。

"孩子啊！基基盛[①]那里的生活当然会更好了。而且，基基盛没有子女，自然会把你当作独生女来宠爱的。"吴德通用哄劝的语气说道。

他的妻子玛钦妙是已故玛钦拉的亲妹妹，因此与被留下来的这三个孩子是最亲的亲戚。

自然而然，抚养这三个尚未懂事的孩子的责任，便落到了他们头上。作为一名乡村医生，他经济条件还算比较宽裕，但要他欣然接受这全部责任，他心里仍感异常沉重。实际上，他不止一次地反复思考过，这份责任还能有谁来分担呢？

这时，哥扬威的堂姐，被称为老剩女的杜钦盛开口了。她说，男孩倒是不想要，小女孩的话，可以使唤她做些家务，还可以做伴，所以她愿意带走。如果小女孩乖巧，还可以用金银首饰来打扮她（当然，这不属于继承财产的那种收养方式）。听到这些之后，吴德通感到非常高兴。

吴德通对芥芥也有些忌惮，她有点泼辣、有点捣蛋、有点出格（他内心是这样认为的）。如果可以的话，他希望能推脱掉承担照顾芥芥的责任，因为他担心她会时不时地和他的孩子们打架，甚至会先发制人。

[①] 基基盛就是下文中的杜钦盛，是哥扬威的堂姐。

"看看名字嘛，既然是'芥芥'①，当然是会出格的了。"他一路上思索着。

"在怀芥芥的时候，玛钦拉身体十分虚弱，害怕再次承受抚养子女的艰辛，所以我曾经说过，如果是男孩我就不要，如果是女孩就给我吧，我来帮你抚养。但当孩子真的生下来之后，哥扬威却说'我的女儿不能给你呀！大姐想要的话就自己生吧！'"基基盛柔声地回忆道。

她轻轻地摇着头笑起来时，耳朵上的钻石耳钉发出一阵阵耀眼的光芒。她相信，因为她提出收养芥芥，大家一定都会说这孩子运气太好了。

但芥芥并不觉得自己运气好，她呆呆地望着基基盛，心中涌起的恐惧感令她直想哭泣。她知道，不论是爸爸还是妈妈，对基基盛都并无好感。

她深知，基基盛虽然富有却很吝啬，虽然嘴巴很甜，却会欺压人。芥芥年幼时，家中没有医药费时父母曾向她借钱，尽管是亲戚，她却真的索要了高额利息，这利息还是按天计算，并且最终是一分不少地付给了她。（这是妈妈曾经讲述过的一切。）

后来，若妈妈急需用钱，便会到瑞奶奶那里，摘下项链来典当。她仿佛又听到了妈妈曾经说过的话："她会用试金石用力地摩擦，虽然损伤了金子，但她会适当地减少日期来作为补偿。"

芥芥不愿跟着基基盛去，一点也不想去。"妈妈呀！您真的不会再回到我们身边了吗？"芥芥边想边垂下了头，并一边默默地抽泣着，一边悄悄地抹去眼角的泪水。

"对这些孩子，我真的什么忙都帮不上吗？"坐在芥芥兄妹面前的吴巴布瓦沉思着，心中充满了悲伤。

他那浮肿明显的脸庞因苦恼而显得更加苍老了。吴巴布瓦没有像往常那样染发，而是任由头发花白且蓬松着，他看起来仿佛在一夜之间苍老了许多。

吴廷轻轻地搂抱着背靠在他怀里的哥都，一想到这三个他亲眼看着长大

---

① "芥芥"是缅语音译，芥的意思是出格、超出、过分。

的孩子即将要与自己分离时，他心里充满了哀愁。他注意到尽管哥都忍住了泪水，但在他暗暗叹气时后背还是不由自主地颤抖了一下，他也不禁轻轻地叹了口气。

"这么说，我们三个人不能在一起生活了，是吗？"芥芥胡乱地又重复着这句话。

她满怀期望地望向呆坐着的瑞奶奶、低头不语的梅阿姨、怀抱着阿福的吴高。

廷大伯的眼神不再像往常那样因酒精而显得迷离，而是异常清澈，尽管他曾一生迷恋杯中酒，但在喝了消灾水之后，他似乎已彻底断绝了那份执念。然而，在他心灵深处，那些一丝丝缠绕不去的感情之线，却是他无论如何也无法割舍的。

"廷大伯呀！"当芥芥带着哭腔呼唤他时，他忍不住眼泪在眼眶中直打转。

"把这几个孩子分开是不好的。"吴巴布瓦的声音沙哑而低沉。

吴巴布瓦没有看向任何人，只是凝视着柚木桌子。他仿佛能清晰地看到芥芥在两个哥哥中间欢笑、打闹以及撒娇的模样。

父母双亲的突然离世，已经让这个小女孩感到忧伤和无助了，如果再让她与哥哥们分离，那将会使她更加感受到撕心裂肺的痛苦。是的，她一定会感受到更深的痛苦。吴巴布瓦对此深信不疑。

"这倒也是，叔叔呀！我们也是尽可能地安排得最好。三个孩子的责任都由一个人来承担的话也……"

吴德通没有继续说下去，而是停了下来，剩下的话已无须多言。这是每个人都心知肚明的事情。

"是的，这个嘛，就是这么个样子了。"

吴巴布瓦长叹一声，随后便久久地沉默着。尽管他心里有话想说，但却在斟酌是否该说出口的同时，他感到了身心俱疲。

吴德通却有些坐立不安了，他正在苦思冥想着该如何解释才能让周围的人明白他的真实意图——他并不想将这三个孩子分开，而是希望能够将事情顺利圆满地解决。

他想要圆满解决发生的事情，却得不到他人的帮助，反而只换来了旁观者的批评与指责，对此他感到心烦意乱。

"大伯！"芥芥满怀期盼地呼喊道，随即就哭泣起来。

"我们只想留在这里生活，大伯！"芥芥的话语让吴德通和杜钦盛都大惊失色。

他们对亲戚的好意安排不领情，反而向陌生人诉苦，这种行为让亲戚们心中生出一丝怒意。哥吴，这个懂事且会察言观色的孩子立刻明白了一切，随即他紧紧地握住了芥芥的小手，但芥芥却毫不退缩，她满怀期待地望着吴巴布瓦继续说道：

"我只想和哥吴他们一起生活，大伯呀！"

"你哪里都不想去吗？"吴巴布瓦轻声问道。

"不想。"芥芥边抽泣边摇头。

"我想和大伯、梅阿姨，还有吴高他们一起，和瑞奶奶、廷大伯，还有小阿福一起。"芥芥边抽泣边说，话语含混不清。

瑞奶奶悄悄擦去眼角的泪水，吴廷默默地擤着鼻涕。吴巴布瓦的双眼也渐渐泛红了。

"好了，让他们留下吧！如果他们想在这里生活，就让他们留下吧！"吴德通插话道，他的声音中带着一丝不悦。

"在这里生活，谁又能负责你们的衣食住行、健康教育呢？谁来承担这一切开销呢？"吴德通压抑着心中的不满，耐心地好言相劝道。

杜钦盛却冷冰冰地板着脸说："这是因为我们要尽亲戚的职责所以才要说的，责任到底有多大？要承担了才能知道，这比光凭一张嘴说些可怜的话要费力得多。"

杜钦盛的话尖酸刻薄，很是伤人。按照有钱人的惯例，比起要优先考虑对方是什么人，她先摆出一副"你们知道我是谁吗？"的傲慢姿态来。

现在她也认为吴巴布瓦是一个光凭一张嘴而傲居人上的老头子，因此露出一脸厌恶的表情。

"好了，说呀！谁送他们一伙去上学？谁又能白白地给他们饭吃呢？"杜钦盛再次开口说道。

她的目光如利刃般直刺吴巴布瓦，冷笑中带着一丝不屑。然而，她惊讶地发现，吴巴布瓦的脸色异常平静。

"我能送他们上学，还有，也能喂养他们。"吴巴布瓦的声音虽微弱而颤抖，尖锐而沙哑，却清晰地传入每一个人的耳中。

"只要孩子们的叔叔婶婶同意，这三个孩子的责任，哦！请允许我们来承担。"吴巴布瓦的目光轮流落在那两张极度惊讶的脸上，并温柔地请求道。

在认识吴巴布瓦以来的漫长岁月里，从未见过他的面容如此温柔、他的声音如此柔和、他的态度如此谦卑，杜瑞奴惊讶得张大了嘴巴。

十八

大约一周后，吴巴布瓦因病卧床不起。这天清晨时起，他就感到胸口愈发疼痛，便没有起床，继续蜷缩在床上。

像平时一样只是洗脸、刷牙、上厕所等这些简单的日常行为，如今都会令他感到十分疲惫。而那些一点点逐渐加剧的痛苦，吴巴布瓦会用心去体会和感受，并铭记于心。在这一过程中，他的肌肤、经络乃至心灵都得到了彻底的放松（这是缅甸人坐禅时的感受）。

"来吧！在你想来时就来吧！我已经做好准备了。"

他轻轻地对正悄然逼近的掌控生死的神灵说道。

两个多月前，他的思想还被死神束缚着。他曾认为死是一件既神秘又困难的事情，对此他感到恐惧和震惊。尽管他自以为自己了解死神的迅速和不可预测性，但现实却远非如此。

吴巴布瓦一边嫉妒着那些依然活着的人，一边愤怒地想道：

"总有一天，所有人都将会死去，不是只有我一个人会死。"他边想边感到很害怕。

然而，哥扬威他们夫妇的突然离世，让他悟出了一个道理：死神是不分时间地点、不分贫富的，不论健康与否，都会降临。

哥扬威夫妇的离世，如同在他心中那团熊熊燃烧着的火焰上浇了一盆冷水，"扑哧"一声，蒸汽随即一股股地直往上升腾。尽管仍有余温，但宛如已经熄灭的火焰一样，他心中的火焰也瞬间熄灭掉了。

"唉！他们的去世对我有深刻的启示。"吴巴布瓦回想起那些已故之人的恩情。

"在人生中走错路的吴廷,已经学会正确生活了,如果我不以错误的方式,而是选择正确的方式死去,他们在另一个世界也一定会高兴的。"

虽然吴巴布瓦心里想着死亡的事,但他已经不像以前那样紧张不安了,反而显得很平静。

床边桌上的玻璃小花瓶中,插着他钟爱的香水玫瑰花苞。令人喜爱的小玫瑰花苞将会在明天清晨绽放。

之后,这些玫瑰花将会盛开得无比美丽,使他的小房间弥漫着芳香。再慢慢地他们就会枯萎,最终就会凋谢了。

"唉!从花苞到花蕾,从花蕾到花朵,从花朵到枯萎,再从枯萎到凋谢,这就是花儿的自然生长规律。人的生命亦如花一般!不久,我也将枯萎凋谢了。"

吴巴布瓦的目光从花朵移到了花瓶下压着的信封上,信封里的信他已经读了好几遍,几乎都可以背诵了。

"爸爸,我已经结婚了。女孩是在日本一家公司工作的菲律宾人,她心地很善良。我计划等现在的工作结束后,就跳槽到这家日本公司,那里的工资更高,生活也更便利。我们结婚时的一些照片也放在信里给您寄去。爸爸呢,您身体还好吗?"

吴巴布瓦一边在心里默念着已经烂熟于心的文字,一边露出了宽恕的微笑。他成家的事情,无论是请求也好,合不合适也好,完全没有和父亲商量过,只是在他婚礼结束后,才如同告知一个陌生人一样,简单通知他一声。对此,他已不再感到伤心,因为他的二儿子当时也是像这样,他也只是被告知,所以他已经有了心理准备。

吴巴布瓦伸手拿过床边桌子上的照片,轻轻地举起来看。他看到了在一座尖顶教堂前,身着西装的缅甸新郎和菲律宾新娘。尽管新娘肤色较黑,却穿着一袭雪白的长裙,手里捧着一束洁白的鲜花。尽管小儿子平时不苟言笑,但在照片里,他的脸上却绽放着幸福的笑容。

"唉！缅甸男子和菲律宾女子，他们将在哪个国家定居？将成为哪个国家的公民呢？"吴巴布瓦将照片轻轻地放回到桌子上。

"噢！要放下他们才行……"

随后，吴巴布瓦闭上双眼，试图斩断脑海中纷至沓来的思绪。虽然他不想再对儿子和女儿有任何牵挂，但他的心却始终都被儿女们所牵绊。

刚驱散了小儿子，二儿子又闯了进来，二儿子刚退去，大女儿又走进来了。有时，他甚至会梦到自己的儿子、女儿、孙子们围在他身边，他大声地和他们高谈阔论的场景。（在现实生活中，他从未和子女们有过这样的亲密相处。）

"他们都已经拥有知识、爱情和财富了，无论名叫吴巴布瓦的这个老头子是生是死，对他们来说没有什么特别的。对他们来说，一切都已经很圆满了。你明明知道这一点，却还是无法控制住你自己的心吗？"

吴巴布瓦在心里责备着自己。他努力控制着因思念而跳动的心，并努力使其平静下来。然而，想要轻易地收回那些四处飞扬的思绪，并非易事。

"让它来时却不来，让它静下来时却也静不下来。我心不由我，身也不由我，它即使再痛，我也无能为力，更无法阻止。"

吴巴布瓦努力恢复平稳的呼吸，专注于每一次呼吸的节奏。他的思绪短暂地集中在那股穿过鼻尖、进入鼻腔的冷空气上，然后又随着呼出的暖空气一同飘向远方。

"真正一无所有的是哥吴他们兄妹，真正令人感到可怜的是这些孩子。"这时他的思绪又转到了哥吴他们身上。

吴巴布瓦仿佛又看到了芥芥在得知可以与他们一同生活时，那宛如洒了水的花儿般变得精神起来的小脸蛋。

吴巴布瓦仿佛还听到了哥都暗中用力地喊道"阿芥呀！我们不用分开了，可以一起生活了"的声音。

"他们真的很开心，真的很快乐。"

吴巴布瓦一边断断续续地感受着自己的呼吸节奏，一边想着哥吴兄妹，脸上不禁露出了微笑。

"我曾做到了让他们快乐，让他们开心。"吴巴布瓦清楚自己时日无多，因此他已经从银行账户中取出了一百万元，交给了吴甘敏，并对他说：

"等我不在了，把这些钱为孩子们存到银行里，用所获得的利息来支付这四个孩子的生活费、教育费、医药费等一切开销，希望这些钱能够用。"

"唉！如果不是因为物价飞涨，一斤鸡肉要一千元，一斤猪肉要八百元，一个鸭蛋要五十元的话，①你的钱还是会绰绰有余的。"吴甘敏为了安慰他，还开玩笑地对他说。

此外，吴巴布瓦还打算将他现在住的房间留给哥高泰。

但并非简单地就这样给他，而是想作为哥高泰和玛梅菊的结婚礼物。他内心深处强烈希望傻乎乎的哥高泰能尽快与玛梅菊相好，然后承担起孩子们父母的角色。他这一愿望非常强烈。

无论是对社会、对国家，还是对城镇、对社区，他从未做出过任何实质性的贡献。他是个在人生长河中随波逐流、无所事事、虚度光阴的人。

现在，他想把快乐和幸福作为礼物，送给生活在他周围这个小圈子里的人们。他想象着他们收到这份礼物时的快乐和惊喜，自己也不由自主地感到快乐起来。

"叔叔，睡了吗？"哥高泰站在卧室门口轻声问道。

他睁开眼睛看了看，淡淡一笑，哥高泰这才走进了房间。

"我买到了纯正的牛奶，就煮了牛奶稀饭，趁热把它喝了好吗？"哥高泰小心翼翼地询问道。

那碗冒着热气的牛奶稀饭散发出诱人的香味。

"唉！这老光棍也真是该娶媳妇了。"吴巴布瓦又想起了他脑海中刚才闪过的想法。

吴巴布瓦用手撑着身体从床上坐起来时，哥高泰把枕头叠起来垫在他背

---

① 这里的一斤指的是一缅斤，相当于三点二七市斤；这里的元指的是缅元，现在一缅元相当于零点零零五元人民币。

后，让他靠着，并把准备好的干干净净的毛巾铺在他的大腿上。

"早饭的话，瑞奶奶说鸡肉米线不错，玛梅菊说白米饭配水煮炸鸡，还有青口贝汤①，可以开胃，叔叔如果想吃酸的就凉拌大柠檬②。"

"最后决定吃什么呢？"吴巴布瓦问道。

"这倒是不知道，他们还在争论着呢！"哥高泰回答说。

吴巴布瓦一边从哥高泰手里接过稀饭碗，一边内心非常渴望地想道：

"我的命啊！就让我再多活几年吧！"

吴巴布瓦渴望的生活正是如此，儿孙围绕在他身旁，充满了纯洁的情谊、纯真的爱和善良的心。想到自己将无法长久享受这样的生活，他不禁感到一丝悲伤。

哥高泰送来的稀饭，吴巴布瓦非常喜欢，为此哥高泰感到很高兴。

现在，他们四间房自然而然地全都融合在了一起，就像一个大家庭，他们每个人都像是大家庭的成员。没有谁刻意推动或号召过，而是自然而然地就形成了。

正当吴巴布瓦喝稀饭喝得正起劲时，玛梅菊和哥吴来了，他们整理好了杂乱的书籍，叠好了被子。不久之后，吴廷又拿着一瓶消灾水走了进来。

"我以前为什么就看他们不顺眼呢？"吴巴布瓦自责道。

他意识到，是他自己不相信周围的人，轻视和仇恨就像是熊熊燃烧着的火焰，不断地炙烤着他的灵魂。

在吴巴布瓦一生中，这是他第一次相信周围的人，并对他们产生了深厚的感情。他也懂得了信任，放心地接受这些人的友情、帮助和仁慈，内心是多么的宁静和快乐。

但是一想到不久之后，他就要远离这种宁静和快乐了，吴巴布瓦悄悄地叹了口气。他始终记得，他剩余的时间不多了。

---

① 青口贝汤是指以葛姜为主材，加鱼虾粉、大蒜、胡椒粉等熬煮成的一种缅甸菜汤。
② 大柠檬又叫酸柚子，是缅甸的一种水果，常用来做菜吃，比柠檬大、味道酸，所以又叫大柠檬。

"需要为孩子们做的准备,在我出门之前会安排好的。"他开口说道。

"大叔,身体又不好,还要去哪里呢?"玛梅菊怯生生地问道。

"因为身体不好,所以才要走了,我的大侄女。"吴巴布瓦说道。

"大伯!是要去很久吗?"哥吴问道。

"是的,会很久。"吴巴布瓦回答道。

"要去很远的地方吗?"哥吴又问道。

"嗯!当然远了,哥吴呀!"吴巴布瓦一边按照他自己的意思回答着,一边微笑着。现在,他真的能够直面死神了。

"大伯,是要过完泼水节才会走吧?"哥吴继续问道。

"嗯!我也想过完泼水节再走啊!"吴巴布瓦又回答道。

"这么说……"哥吴看了看吴巴布瓦的脸色,有些结巴了。

"这么说,泼水节期间,我……唉!我和哥都……"哥吴不知道该怎么说了。

"嗯!说吧!你和哥都想做什么?"吴巴布瓦试探着问道。

"我和哥都……小沙弥……唉!是想出家当小沙弥。"哥吴怯生生地说道。

"哦!哥吴呀!"吴巴布瓦似乎有点吃惊。

"瑞奶奶说,如果子女们进入佛界做回向,对父母亲是很好的。"哥吴补充道。

看着眼泪直打转的哥吴,吴巴布瓦感到胸口堵得慌。

"芥芥也想出家当小尼姑。"哥吴接着说道。

"当然好了!"吴巴布瓦一边回答着哥吴,一边在心里暗自说道:

"孩子呀!如果我死了,也为我做回向吧!"

"你们想举行一个隆重的剃度仪式吗?"吴巴布瓦轻声问道。

"不是的。"哥吴摇着头。

"只是想要得到大伯的同意,我们只想要简简单单地出家当小沙弥即可。"哥吴回答说。

"去吧！哥吴呀！这是在做好事，大伯怎么会不同意呢？"

吴巴布瓦说完突然咳嗽起来，他知道如果吐出口痰来，里面一定会带着血丝，为了避免让他们看到，他强忍着又把口痰咽了回去。

"我是不放心大伯呀！"哥吴说道。

"为什么呢？"吴巴布瓦不解地问道。

"大伯身体又不好呀！"哥吴回答说。

吴巴布瓦满意地凝视着一直想为他做件事情的哥吴，这双眼睛里充满着慈悲和情谊。

"你想为大伯做些什么呢？"吴巴布瓦问道。

"我要为您做些什么呢？"哥吴反问道。

"你能为我做的事情倒是有，但却不是现在。"吴巴布瓦说道。

"什么时候？要为您做什么呢？"哥吴又问道。

吴巴布瓦的胸口突然剧烈地疼痛起来，虽然很想大声呻吟，但他暗自默默地强忍着这份痛苦。

"你能让我有多疼呢？我不在乎，我会竭尽全力忍住。唉！等到忍不住的那一天，也只不过就是个死，不是吗？"他又无礼地对自己胸腔里的肝、肺和内脏说道。

"大伯，说呀！我要为您做什么呢？"哥吴有点迫不及待地问道。

"等你们长大了的时候，有知识了的时候……"他将会继续说什么呢？

哥吴欢欣鼓舞地聆听着。

"等你们有了知识，一定要工作，即便不在这个国家，在其他国家也一定要工作。"吴巴布瓦说道。

哥吴点着头。

"大伯支持你们到更发达、更富有的国家去工作，也很喜欢，但是……"吴巴布瓦停住话语，看着哥吴淡淡地笑了。

"我能做这样的工作，能像这样赚取外汇，这些知识都是我们的祖国教给我的，这一点，我希望你们任何时候都不要忘记。怀着因为我们国家贫困，所以去到那里出卖我所学到的知识的心态，从他们那里学习到技术和方法之后，就回来吧！用这些技术、这些经验、这些钱反过来为我们的国家服务。"吴巴布瓦意味深长地说了一大段他从未说过的话，所以声音显得有些沙哑。

吴巴布瓦一想到自己为何从未对自己的亲生子女们说过这样的话时，他心中充满了悔恨。

"归根结底都是我的错啊！所谓的爱国精神、民族精神到底有多重要，我自己也未曾深刻地思考过。"吴巴布瓦心里想道。

他自己对爱国精神、民族精神也曾持以轻率的态度，这倒是事实。因此，他的子女们也继承了这种态度。

在他们的心中，并没有强烈的认同感，并不认为他们自己是缅甸人、他们的国家是缅甸，在《世界永恒》这首歌曲中……

他们从未体验过唱"这是我们的国家，这是我们的领土，属于我们的领土"这一段时，全身热血沸腾的经历，他慢悠悠地叹了口气。

"这全都是我的错，是我无能。"吴巴布瓦边想，眼泪边在眼眶里打转。然后紧紧地盯着哥吴，一字一句地说道：

"要一直记得我们是缅甸人，我们的国家是缅甸，不要对自己的国家、自己的民族忘恩负义。"

"大伯，爸爸一直教导我们要爱自己的国家、自己的民族。"哥吴轻声地说道。

"唉！大伯却没有像你爸爸那样教过大伯的子女们，哥吴呀！"吴巴布瓦的声音颤抖着且很沙哑。

"将来你也会成为父亲的，哥吴！到那时，你就把大伯的情况告诉你的子女们吧！"

"大伯的情况？"哥吴好像不明白吴巴布瓦说的话似的看着他。

"是的，没有教会、没有告诉他的子女们要热爱、要看重自己的国家、自己的民族的那个大伯的情况呀！一个人如果不爱国，也就会看不起自己的民族，也就想不起应该要照顾自己的宗族了。这样的话，他的后代怎么会正宗呢？如果后代不正宗，慢慢地民族就会消亡掉。这一点需要永远铭记在心。"吴巴布瓦悲伤地说道，他仿佛看到了二儿子生的蓝眼睛的孙子。

还有大女儿生的他的孙子们，在那里生活，在那里长大，连缅甸语都不再会说了的他的孙子们，所谓的缅甸即使在地图上看到也不会装模作样地假装想想"这是我的根、我的祖国吗？"的孙子们。因为这些孙子们在那个国家快乐地生活着，所以会与那里的人结婚，生下那个国家的孩子。

"需要让后人们明白，为什么叫作吴巴布瓦的那个长辈的后代会消失掉。"

吴巴布瓦像个正梦游的人一样，醉意迷离地说道。

房间里的所有人都陷入了沉默，吴巴布瓦心中的痛苦，他们现在才看到冰山一角，他们感到很惊讶，也不知该如何安慰他。当他们意识到吴巴布瓦这个看似子女都在国外、一切应有尽有的大富翁，其实只是孤独一人时，他们不知道该说什么，该如何安慰他。

"唉！这倒是！"吴巴布瓦做了个深呼吸，然后大声说道。他直视着哥吴的双眼，接着又说道：

"如果想要为你的大伯做点什么，那就热爱自己的国家吧！热爱自己的民族吧！还有，为了不让自己的民族消亡就守护着它吧！这样，大伯直到下辈子都将会很高兴，很开心的。"

哥吴微微地笑了。

"像大伯现在所说的这些，爸爸妈妈也一直告诉过我们。大伯呀！我保证，我不仅为我自己保证，我还为哥都、芥芥、小弟弟阿福保证，一定成长为大伯希望我们成为的那种人。"

"善哉！善哉！善哉！"

吴巴布瓦愉快地默念着。他把头靠在叠着的枕头上，轻轻地闭上了双眼，因为他不想让别人看到他眼眶里那即将盘旋而出的泪水。尽管如此，泪水还是不由自主地从眼角流了下来。

他心里想："如果像现在这样躺着安详地死去，那该多好啊！"像现在这样充满开心和愉快的时刻，他想就这样死去。

"叔叔，请喝粥吧！"哥高泰轻声说道，同时小心翼翼地扶起了吴巴布瓦。

吴巴布瓦一边恢复常态，镇定地坐起来，一边悄悄地拭去脸上的泪水。他心里很舒坦、很愉快，一口气将那碗热乎乎的牛奶稀饭喝完。

"请把消灾水也喝掉吧！"

粥喝完后，吴廷又请他喝消灾水。吴巴布瓦仰头，将满满一玻璃杯消灾水一饮而尽。不知是不是因为粥也是斋饭，消灾水也是斋饭，同情心也是斋饭，吴巴布瓦感到精神状态好多了，心里也充满了愉悦。

"我将要出远门了。"

趁房间里的人们还没有散去之前，吴巴布瓦又开始说话了。看着真的以为他是要长期出远门的人们，他淡淡地笑了。

"在我出远门的时候，他们的叔叔、婶婶们会依照亲戚的职责，来把他们带去照顾他们的，这也是他们应尽的义务。"吴巴布瓦说道。

"我们就只想住在这里。"哥吴小声地说道。

吴巴布瓦满意地笑了。

"因此，在大伯出远门的时候，为了照顾你们的一切……"吴巴布瓦遥望着怀抱着消灾水瓶的吴廷，用一种带有挑衅的语气说道：

"我要把这些孩子们托付给吴廷父子俩了。"

"放心吧！"吴廷真诚地点了点头。

作为吴巴布瓦，他本不必如此明说，因为所有人都会把孩子们当成亲生骨肉一样来照顾。然而，吴巴布瓦的这番托付的话，让吴廷感到既高兴又满意。

"是吗？小伙子！"吴巴布瓦又转向端坐于床边的哥高泰，寻求他的支持。

"放心吧！叔叔，放心去吧！直到叔叔回来为止，我们会无微不至地照顾孩子们的。"哥高泰诚心诚意地说道。

因为之前吴巴布瓦对玛梅菊说"身体不好，当然要去了"，所以哥高泰坚信吴巴布瓦是要出国治病。

"但是要养育孩子们、照顾孩子们是很难的，这事男人们又不是很擅长、很精通。"吴巴布瓦转向玛梅菊说道。

极富同情心的、一直沉默不语的玛梅菊胡乱地点头表示赞同。

"这门学问只有妇女们才擅长、才懂，是不是嘛？我的侄女啊！"

玛梅菊再次点头时，吴巴布瓦高兴地小声笑了。

他们不知道吴巴布瓦话语背后的深意。只因看到难得一笑的吴巴布瓦笑容满面时，感到很惊讶。

然而，就在大家还在惊讶不已时，爱与人作梗的吴巴布瓦又做了一件不仅是令大家更加惊讶不已，简直就是令大家都惊呆了的事情。他说：

"那么，请允许我作为中间人，诚心诚意地请求我的大侄女玛梅菊同意与哥高泰这个小伙子结婚吧！"

十九

　　哥高泰和玛梅菊不负众望，在缅历新年来临之前举行了简单的婚礼。

　　泼水节前一天，哥吴他们兄弟俩出家当了小沙弥。

　　那一天，紫檀花开得格外茂盛。身体康复良好的吴巴布瓦来到了客厅里，一边闻着芳香的紫檀花香味，一边回忆着他所度过的每一个泼水节。

　　芥芥又在一个玻璃凉水瓶里插满紫檀花枝，用来装饰吴巴布瓦的客厅。

　　尽管芥芥完全不擅长插花瓶以及用鲜花做装饰的工作，但芥芥的紫檀花的美却毫不逊色。无论是供佛，还是插在玻璃花瓶中，抑或是一枝枝地随意放置，或戴在头上作装饰，金灿灿的紫檀花总是令人百看不厌、芳香四溢。

　　"真香啊！"吴巴布瓦环视着盛开着紫檀花的客厅，心情十分愉悦。

　　他一边悠闲地闻着花香，一边微笑地凝视着正在插紫檀花的芥芥，她插了一瓶又一瓶。

　　"大伯，要去哥吴他们那里，不是吗？"芥芥问道。

　　"嗯！当然要去了。"吴巴布瓦回答道。

　　"哥吴嘱咐说一定要把大伯叫去。"芥芥补充道。

　　"是吗？"吴巴布瓦反问道。

　　哥吴他们兄弟俩将要在寺庙里向僧侣们敬斋，然后出家为僧。因此，一大早就和哥高泰夫妇俩一起先到寺庙里去了。

　　"吴高也嘱咐过了，一定要请大伯一起去。"芥芥继续说道。

　　"哎呀！不用叫着我一起去，你想叫就叫着他的父亲廷大伯一起去吧！"吴巴布瓦不服气似的说道。

"廷大伯不需要我叫着一起去，大伯呀！瑞奶奶会叫着他一起去的。"芥芥开玩笑似的边说边伸出舌头笑了。

自从哥高泰和玛梅菊顺利地喜结连理之后，吴廷和杜瑞奴就成了大家的调侃对象。

整条街上的人们都在捕风捉影，拿他俩开玩笑。尽管在心情好的时候，杜瑞奴会假装不知道，什么都不说，安静地待着，但偶尔在心情不好的时候，杜瑞奴就会破口大骂。

"芥芥呀！怎么能像这样开长辈们的玩笑呢？瑞奶奶听到又要骂你了。"吴巴布瓦训斥道。

芥芥缩了缩头，嘻嘻地笑了。这小女孩又恢复了她往日的快乐模样，为此吴巴布瓦心里感到十分欣慰。

街道上，孩子们泼水嬉戏的声音此起彼伏，喧闹非凡。来往的行人一边躲避，一边喊着"泼水节前一天是不泼水的"。

有人却从孩子们手中抢过水杯，反将水泼向他们。吴巴布瓦呆呆地注视着这充满了喊叫声、欢笑声的热闹非凡的泼水节前夕。

"大伯，我上楼一下哦。"芥芥说道。

"嗯！"吴巴布瓦回答道。

"过一会就去寺庙哦！"芥芥又说道。

"嗯！嗯！当然要去了。"吴巴布瓦又回答说。

"哥都说，如果没有把大伯带去，就要打我的。"芥芥又补充道。

"是吗？"吴巴布瓦虽然嘴里一一回应着，但他的思绪却随着街道上奔跑跳跃的欢乐的人群飘向了远方。

"唉！泼水节啊！泼水节一年又一年地过去了，我也一年比一年老了。"

吴巴布瓦回忆着他所度过的每一个泼水节，心中涌起了一丝忧伤。小时候一到泼水节，他都会很快乐。儿童时代的快乐是普通的快乐，到了青少年时期，那种快乐则是近乎疯狂了。

泼水节期间他参加过的相亲会、打架斗殴等也不计其数。后来上了年纪之后，他不再喜欢泼水节了，一到泼水节，他更愿意到东枝、彬乌伦、黑河等这些凉爽之地去。

在树荫下、在房间里，他都曾快活过。不只是一个人，而是和姑娘一起。他的女伴每年都不同，如今回想起来，她们的容貌和名字他都已记不清楚了。

吴巴布瓦尽情地嗅着紫檀花香味，突然一股莫名的烦躁向他袭来。

他依稀记得，曾经有一个女伴对他说过："山上的紫檀花都是浅黄色的，我不喜欢；我喜欢金光闪闪的、黄灿灿的紫檀花。"

尽管无意间回想起了那个女孩的话，但她的面容是黑是白，他已经记不清楚了。

"唉！人生如同做梦一般，就算连续做梦之后醒来，也没有什么特别的。"吴巴布瓦不禁感慨地想道。

因为想抽烟了，所以吴巴布瓦从西装上衣口袋里取出了事先准备好了的香烟盒。他短暂地凝视了一下白白的香烟之后才点火抽了起来。他一边大口大口地把烟雾吸入肚子里，一边微笑了起来。

"唉！现在才更适宜思考。烟雾和思绪交织，变得模糊不清。"

他吐出了一口烟雾。

在白茫茫的烟雾中，他仿佛看到了他那微笑着的妻子。他的妻子没有佩戴着她钟爱的铁力木花，而是戴着盛开的紫檀花。

但那花却并非黄色的，而是白色的。烟雾也是白色的，她穿的衣服也是白色的，她佩戴的花朵也是白色的，一切都纯白无瑕。白色的紫檀花也散发出浓郁的香气。

"这么香，仿佛要被熏晕了。"他一边闻着四周萦绕着的紫檀花香气，一边感到窒息起来。他试图从这弥漫着的花香中分辨出那一丝丝烟味来。

"天哪！胸口太疼了！"因为不想再继续闻这浓郁的花香，吴巴布瓦轻轻地站起来向餐厅走去。

为了驱散鼻孔里浓郁的花香，吴巴布瓦深深地吸了一口香烟，随即却引发了一阵剧烈的咳嗽。

"咳！咳！往死里咳吧！"吴巴布瓦一边不停地咳咳咳地咳着嗽，一边在心里暗暗说道。

每咳一声，他的胸口就会疼一下。然后，他突然感到一阵恶心，忍不住"哇"的一下吐在了洗脸盆里。

"血！"当看到鲜红色的血时，他的双眼顿时模糊了。

随即他又咳嗽起来。虽然他想努力抑制，却无法停止。尽管他不想看到那一口"哇"一下吐出来的鲜血，但还是看到了。

"我已经吐血了！天哪！天哪！我已经吐血了吗？"他一边颤抖地想道，一边无力地靠在墙上。他很清晰地感受到胸口的剧痛。

"大伯呀！"他听到了芥芥的声音。

"大伯呀！走吧！"芥芥正朝着她走来。

吴巴布瓦慌慌张张地从桌子上拿起毛巾擦了擦嘴。然后打开洗手瓷盆的水龙头，鲜红的血和流淌下来的水混在一起，颜色逐渐变淡，并旋转着一起流走了。

"叫上吴甘敏一起去，好吗？"吴巴布瓦想道。

在哥吴他们的剃度仪式中，吴甘敏是唯一的特殊客人。现在他应该已经到达寺庙了。

"如果我成这样的话，吴甘敏一定会非常惊慌。然后他一定会心急如焚地把我送去医院输血。"吴巴布瓦又想道。

"好了，一会儿他们全都会被吓着的，如果因为担心全都跑了回来，剃度仪式就可能被破坏掉了。哦！好了！好了！谁都不告诉了。"吴巴布瓦暗自在心里做出了决定。他希望剃度仪式能顺利地完成。

"大伯呀！在做什么呢？走吧！"芥芥来到了吴巴布瓦身边，似乎并未察觉到他的脸色苍白。

"芥芥，你先去吧！"吴巴布瓦说道。

"嘿！为什么呢？"芥芥问道。

"一位客人要来我这里，我得等着。"吴巴布瓦回答道。

"嘿！这么说我也要一起等，然后再一起去吧！"芥芥的声音中带着一丝哭腔。

如果大伯不去，她也不想去，她知道哥吴哥都他们正等着她和大伯一同前往。

"如果没带大伯去，哥吴一定会骂我的。还有哥都也会骂的。"芥芥委屈地说道。

"嗯！但大伯要等客人，所以不能跟着去了。"吴巴布瓦坚持说道。

"我也一起等。"芥芥也坚持说道。

"别等了，去吧！"吴巴布瓦着急地喊了起来。

芥芥此刻才注意到吴巴布瓦额头上渗出了汗水，脸色苍白的样子，她不由得担心起来。

"嘿！大伯不舒服吗？"芥芥担心地询问道。

吴巴布瓦看着芥芥那担忧的眼神，心中不禁涌起一丝悲伤。

"如果大伯不舒服，我会等着的，我不去了。"芥芥说道。

"别等了，去吧！"

"大伯不舒服了呀！"

"舒不舒服都去吧！"

当吴巴布瓦又生气地喊了起来时，芥芥的双眼睁得圆圆的，边想"是因为我啰唆，所以大伯生气了吗？"边感到害怕起来。

"快去呀！"吴巴布瓦咬牙切齿地又说道。他多么希望这个小女孩能快点离开这个房间。

"还不去吗？咳！"

芥芥突然眼泪直在眼眶里打转，低下了头，然后颤声回答"好的"就挣扎着跑了出去。她想不明白为何大伯会如此生她的气。

"大伯不能去的话，哥吴他们剃度仪式结束之后就把他们叫回来。"芥芥来到门口时，回头怯生生地小声说道。

正努力抑制着咳嗽的吴巴布瓦，严肃的脸色稍微柔和了一些。然后他点头示意着。

"我让车再返回来，大伯客人走了的话，还来吗？"稍微受到点鼓舞的芥芥又小声地说道。

吴巴布瓦勉强挤出一丝微笑，再次点了点头。然而，他说的客人指的是死神，如果这个客人真的来了的话……

吴巴布瓦凝视着芥芥那双眼满含泪水的小脸蛋，在心里暗自说道："孩子呀！别难过了，我不是生你的气。"然后，他控制不住地又咳了起来。因此，他挥手赶芥芥走。

"我倒是要走了。"吴廷一边拉起阴沉着脸走出来的芥芥的手，一边喊道。

"真正要走的是我呀！"吴巴布瓦一边咳咳咳地咳着，一边在心里回答说。是的，他清楚地知道，真正要先走的人就是他自己了。

"嘿！孩子们！跟你们说不要泼水给守戒者，你们不怕鬼吗？唉！"

吴巴布瓦又听到了杜瑞奴叽叽喳喳的声音。接着是孩子们的欢笑声，发动汽车的声音，以及汽车驶离的声音。

"咳！咳吧！这咳嗽你就尽情地咳吧！"

吴巴布瓦现在终于可以毫无顾忌地大声咳嗽了，他边咳边暗自说道。整个的胸口感到窒息、更加疼痛。接着他开始呕吐。

"天哪！天哪！"

这一生中他从未见过如此多的鲜血。他不敢直视从自己体内吐出这么多的鲜血，于是闭上了双眼。

"或许睡一觉会好些吧！"他心想。

他艰难地、一步一步地朝着仅隔几步之遥的卧室走去。

"吴甘敏却还没有想到我会这么快就死去，但他始终担心我身体里的血管会随时爆裂。"

吴巴布瓦的目光落在那洁白无瑕的褥子上时，他心中涌起了一丝希望，心想："如果能静静地躺一会儿，会不会好一些呢？"

然而，正当吴巴布瓦想胡乱地往床上躺时，他又一次无法抑制地呕吐起来。他惊恐地看着雪白柔软的床单上面因"哇""哇"地一声接一声地吐出来的鲜血，全身都变得冰凉并颤抖不已。

血！血！他不想看到这些血。他也不想长时间地忍受胸口剧烈的疼痛，想要摆脱掉，无论用什么方法，他都想摆脱掉这痛苦。

"过一会儿就会好了，这种情况不会太久的。"他一边自我安慰，一边侧身躺倒在床上。

他感到呼吸困难，仿佛吸入的空气都不知所踪？他一边艰难地喘息，一边想起正在等待着他的哥吴兄弟俩。因为芥芥没有把他带去，所以正围着她骂吗？

雪白的天花板在他头上旋转，桌上的小花瓶似乎增加到十个左右了。枯萎的香水玫瑰花在空中飞扬，与天花板交织在一起，旋转成一团。接着花瓣一片接一片地纷纷掉落到他身上，仿佛梦境一般。

"别害怕！请别害怕！这并不可怕。"他的内心在对自己说。他努力地集中那些四处飞扬的思绪，试图将意识集中到艰难的呼吸上来。他那原本不宁静的心，突然间变得异常宁静。

远处，他隐约看到了光亮。已经完成剃度仪式的哥吴兄弟俩正朝着他走来，他们表情严肃而庄重，各自低垂着双眼，似乎正在念诵着什么。他听不清楚，声音很模糊。

接着，仿佛是从远处传来的声音，他听到了那轻柔而悦耳的声音。

"信仰供养佛，信仰供养法，信仰供养僧。"

吴巴布瓦一边竖起耳朵来倾听那隐隐约约的声音，一边双手合十，虔诚地在胸前拜了起来。

唉！胸口的剧痛再次袭来，伴随着恶心和咳嗽。他试图抓住桌边，努力地想爬起来，却未能触及，挥手间只碰倒了桌上的小花瓶。

尽管听到了花瓶被打碎的"哐当"声，但他却浑然不觉。因为抓到了碎玻璃，手被划破了，鲜血随之流出，但他对疼痛毫无知觉。他只想呕吐，胸口的压抑和剧痛让他渴望将所有的痛苦一并吐出。

吴巴布瓦一边费力地咳嗽着，一边"哇"的一声吐了出来。

唉！又听到芥芥的声音了。"大伯呀！咱们听讲经吧！"

"嗯！来了。大伯就来了。大伯当然要来……来……来听讲经了。"吴巴布瓦在心里回答道。

"是的，要……听……讲……经……呀！"

他的头缓缓垂下。他认为自己在失去知觉前已经摆脱了所有的痛苦。

外面是炎热明亮的世界，黄灿灿的紫檀花正盛开着。四周弥漫着浓郁的芳香，孩子们的欢笑声此起彼伏。

而装有空调的房间里却弥漫着血腥味，冰冷、潮湿、寂静。枯萎的玫瑰花瓣凋落在布满玻璃碎片和血渍的被污染了的地板上。

花儿从打苞到含苞待放，再到完全盛开，散发出浓烈的香气。然后，慢慢地枯萎、凋落。

这整个过程，正是人世间人生轮回的缩影，是自然规律的不断循环，永无止境。

重要的是，在花儿尚未枯萎，尚未凋落之前，为了装饰作为其父母的花树以及周围的环境，花儿当热烈地绽放、散发出浓烈的香气。临终前的吴巴布瓦深刻地领悟了这一道理。

后　记

　　记得那是一个平常的午后，在教研室里，当时的副院长问我愿不愿意翻译一本缅甸小说，我想都没想就一口答应了。紧接着我很快就选定了要翻译的小说，报了选题。

　　我之所以要选玛珊达的这本小说，一是因为我很喜欢玛珊达这位缅甸女作家，上学时最早读的缅甸小说就是她的短篇小说，感觉她的小说很贴近缅甸人民的生活，很接地气，朴实无华却能深深地打动人心；二是因为这本小说非常优秀，获得了缅甸民族文学奖，被翻译为多国文字出版发行，可中文版却还没有，所以我想尝试一下。

　　或许是我把文学翻译想得太简单了，加之我的中缅文功底都不够深厚，原本信心满满、干劲十足的我，在通读完几遍小说原文准备下笔翻译时却屡屡受挫，进度十分缓慢。我惊讶于之前所学的一切翻译理论、翻译原则、翻译方法和所积累的一切翻译经验好像都毫无作用了。我经常会因为一个词、一句话而食不甘味、夜不能寐，不知所措。来自内心深处的那份焦虑让我痛苦不堪，曾经几度我都想放弃了，是在我的老师蔡琼莲的鼓励和帮助下，我才坚持了下来。

从报选题到把书稿交付给出版社，前后花了五年多的时间。在这期间，我得到了许多老师和学生的帮助，如果没有他们的鼓励和支持，我无法坚持下来。在此，我要对所有帮助过我的人表示感谢！感谢蔡琼莲老师，是她一次又一次地鼓励我，是她逐字逐句地帮我改稿，才使得这本书得以问世。感谢陶应昌教授，是他拖着病体不辞辛劳地帮我改稿，还为我撰写了精彩的序言。感谢我八十五岁的老爸，作为我边译边读的第一读者，中文系毕业的他给了我很多修改建议。尤其要感谢的是我的同学赵培松，他在工作繁忙之余，一字一句地帮我修改、润色，他那深厚的文学功底为我的译文增色不少。此外，还要感谢我的缅甸老师吴泰伦教授、吴廷温教授，感谢我的缅甸朋友高凯敏教授，感谢我的同事岳麻腊教授、邹怀强副教授，感谢我的学生蔡国庆、徐钢、李茜、杨素芬、颜畅、李坤原，感谢出版社所有的工作人员，是你们的帮助和辛勤工作，才使本书得以和读者见面。

值此本书出版之际，追忆往昔，思绪万千，惶惶不安之心油然而生。由于我的中缅文水平有限，译文不妥之处，衷心希望读者和同仁不吝批评指正。

译 者
2021年12月于昆明